ドゥリトル先生のブックカフェ

賀十つばさ

幻冬舎文庫

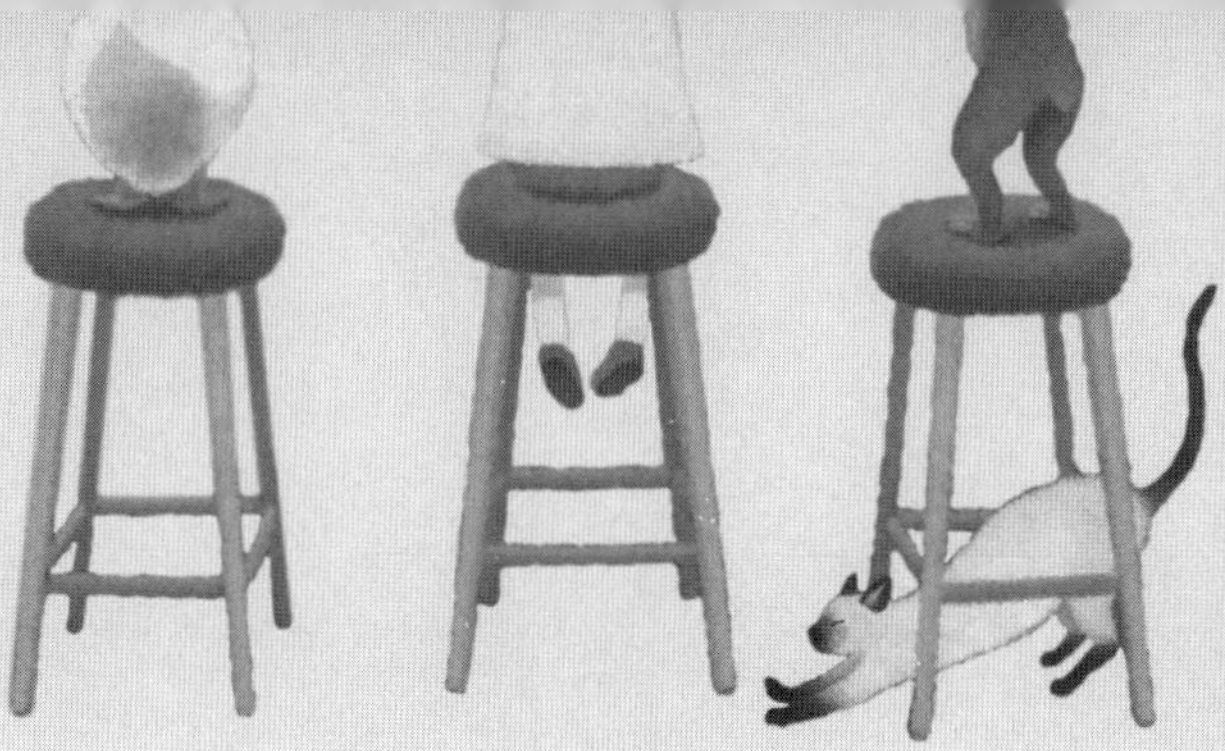

Dr.Dolittle's Book Cafe

ドゥリトル先生のブックカフェ

賀十つばさ

Dr. Dolittle's Book Cafe

CONTENTS

プロローグ

本の表紙を開くと同時に、物語は始まる。しかし、一ページ目に現れるのんきな登場人物は、まさか、これからとんでもないことが起きるなんて、想像もしていない。

桃太郎のばあさんも、いつものように川で洗濯をしていただけだった。浦島太郎も、いつものように海に魚を釣りに行っただけだった。そして、ぼくの場合もそうだった。

その日、ぼくはいつものように自宅でパソコンに向かい、仕事をしていた。キーボードの上の指はあまり動いていなかったが、二十歳からものを書き始めて、キャリアも二十年近くなると、多少筆が進まなくても焦らなくなる。そのうちなにか釣れるだろうと、浦島太郎が水面《みなも》を見るように、ぼんやりと画面を見つめていた。

そのとき、手元にあるスマホが鳴った。応じると、マンションの管理会社からだった。本日中に必要な委任状が、うちだけ提出されていないという。心当たりがないので、妻に確認しますと言って、すぐに歌奈《かな》の携帯にかけた。

けれど、コール音は鳴っていても、歌奈は一向に応じない。消音モードにしているかもしれないので、彼女の仕事場、義父の営む税理士事務所に、直接かけてみることにした。

「お義父《とう》さんですか？　道也《みちや》です。お仕事中にすみません。歌奈に、ちょっと急ぎで聞きたいことがありまして」

「ああ、道也くんか」

電話に出た義父は明るい声で、けれど不思議そうに返した。

「今日は歌奈は来てないよ。金曜だから、来ない日だけど？」

歌奈はこの数年、親の事務所で雑務などを手伝う仕事をしていて、パートタイムという形で月曜から金曜までそこに通っている。今日も、いつものように午後から、「いってきまーす」と、仕事用のバッグを肩にかけて玄関を出て行った。

だから義父の言葉を理解するまで、少し時間を要した。ちょっと沈黙してから、ぼくは返した。

「あっ、そうでした！　今日は金曜でしたね、忘れてた！　あの……ぼくが電話したことは、歌奈に黙っててください。何度言ったら覚えるのよっ、って怒られちゃうんで」

電話の向こうで義父は笑った。

「了解、了解。いつも聞かされてるよ。道也くんは、小説の中で生きてるから、平日も祝日もないって」

ぼくは、お恥ずかしいです、と義父に笑って謝り、お邪魔しました、と速やかに電話を切った。

　通信が切れ、スマホの画面が変わると同時に、ぼくは口角を下げて笑みを消した。さらに自分の表情が硬くなるのを感じた。

「『金曜だから、来ない日』？」

　義父の言葉を反復した。金曜は事務所に行ってない、ってこと？　えっ、どういうこと？　いつから？　そんな話……ぼくは、まったく聞いていない。

　咄嗟《とっさ》に知っていたふりをした自分を、我ながらすごいと思ったが、聞いてません、とあそこで義父に返したら、家族を巻き込んで大変なことになると瞬時に判断したからの機転だった。速やかに嘘が言えたのも、作家という商売柄だと思う。でも、電話を切った今は、もう落ち着いてなどいられなかった。

「金曜日は、行ってない？」

　意味なく左右を見て、仕事部屋を出ると、キッチンへと行き、壁に貼られている共有のカレンダーを見た。毎金曜日を指でなぞって確認したが、歌奈の文字で特別な予定は書かれていない。先週も、先々週も、その前も、他の曜日と同じように、午後から事務所へと出かけて、夕方には帰ってきた。

「そんな話、聞いてないよ」

自分に問うように、くり返した。仕事に行ってない。行ってないなら……。

「どこに行ってんだ？　歌奈は？」

と、頭に手をやったそのとき、スマホが鳴った。

歌奈、からだ！

妻からの電話にドキッとするなんて、初めてのことだ。ぼくは、数秒ためらってから、それに出た。

「ごめん！　スマホ鳴ってるの気づかなかった。なんか用事？」

いつもとまったく変わらない歌奈の声に、ぼくは逆に圧倒されて、すぐには返答ができなかった。

「もしもし？　道也？」

ぼくは、咳払いをして、ようやっと返した。

「あ、えっと……仕事中に、ごめん。マンションの管理会社から電話があって、うちだけ委任状が届いてないって」

「ほんと？　おかしいな。送ったはずだけど……」

ぼくは、彼女の声の背後にある音を拾おうと、必死で耳をそばだてていた。車が走っている音が聞こえる。あと、カラスが鳴いている。

「外？」

うん、と歌奈は返した。仕事で外まわりもするから、彼女はとくに言い訳もしなかった。

「管理会社に連絡してみる。あとは私がやるからいいよ」

じゃあね、と歌奈は言って、通話は切れた。

再び、ぼくはスマホのホーム画面を見つめていた。そして、聞こえていない相手に、問いかけた。

「どこに……いるんだ？」

顔をあげてリビングを見やると、歌奈と二人で住んでいるマンションが急に広くなったように感じるのだった。

「ありがとぉ」

歌奈は帰ってくると、味噌汁ができあがっている鍋と、ご飯が炊けている炊飯器を確認して、笑顔で言った。

夕飯までにその二つをやっておくのは、家で仕事をしているぼくの役割で、おかずは歌奈が出かける前に作っておいたり、仕事の帰りに出来あいのものを買ってくる。三十半ばで体調を崩して会社を辞めた歌奈が、親の所で仕事をするようになってから、このスタイルができた。

「今日は、そこまで行列してなかったから、高木《たかぎ》のメンチカツ買ってきちゃった」

部屋着に着替えると歌奈は、まな板を出して、キャベツの千切りを作り始めた。

ぼくはメンチカツをトースターで温めながら、金曜日は、歌奈がおかずを買って帰ってくることが多いと、今さら気づいた。週の終わりで疲れているからだろう、とこれまでは思っていたが。他の日より、金曜は出かけるのも早く、帰るのも遅い？　そんな気がしてきた。

でも、このメンチカツを売っている店は、義父の事務所の近く、最寄り駅の商店街にある。ということは、事務所には行っていないが、その辺りには行っている……ということだ。

「あ、そうそう！」

歌奈は、包丁を持った手を止めて、ぼくの方を見た。

「マンションの管理会社に電話して確認したら、向こうが間違ってた。もう一件、田中《たなか》さんがいるでしょ？　そっちだった」

「ああ、なんだ。よかった、それは、よかった」

意識しすぎて、ぎこちない返事になってしまったが、歌奈は報告を終えるともうキャベツの方に集中していた。切り終わり、彼女は長い指で形よくそれを皿に盛った。そして、

「原稿、はかどった？」

とんかつソースを冷蔵庫から出しながらぼくに聞いた。

はかどるわけないでしょっ！

と、心の内で言うぼくは、

「うん、まあ」

とだけ返して、こらえた。歌奈は相変わらず、ぼくの返事に関心はなさそうだが、

「おいしそう！　お味噌汁」

微笑《ほほえ》んで、嬉しそうにぼくが作っておいた長芋と油揚げの味噌汁を、椀に分けた。その顔を見て、そういえば……と、また気づく。

金曜は、歌奈の機嫌がいい。

他の日よりも、そんな気がする。今までは、明日から週末だから機嫌がいいのだろう、ぐらいに思っていた。しかし、金曜に事務所に行っていないとすると……話は違ってくる。

「どうしたの？」

食卓に座ったぼくが箸《はし》を取らず、ただ料理を見つめて無言でいるので、歌奈が聞いた。

「あ、いや」

ぼくは、勇気を出して顔をあげると、向き合って座っている妻、歌奈を、改めてじっと見た。

つきあい始めたときから変わらないショートカットの髪。ちょっと乱れているが、それも彼女の可愛らしい個性に見えてしまう、そんな雰囲気がある。身内びいきでも、のろけでもないが、アラフォーになっても褪せない独特の魅力を歌奈は持っていると思う。

輝きのある瞳で彼女はこちらを見つめ返し、同じくアラフォーで、仕事はあるけれど顔が知られているほど売れてはいない作家の夫に聞く。

「なに？」

「あの……」

毎週金曜日、きみは、いったいどこに行ってるの？

と、彼女に聞くのは、今のタイミングしかないと思った。それを知ったばかりの今ならまだ、「実は今日、事務所に電話かけたんだよ」と、笑って聞ける。

しかし、ここで聞かずに、ひとりで悶々《もんもん》とし続けたら、そんな顔もできなくなるし、ぼくに黙ってどこに行っているのか、考えれば考えるほど、さらっとは聞けなくなってしまうだろう。結果、知らないふりをし続けることになる。と、容易《たやす》く想像できた。今を逃してしまったら……。

「今日——」

ぼくは、歌奈の目を見て、言った。

「――のメンチカツ、いつもより小さくない？」

そんなセリフがパッと出てしまう自分を恨んだ。

予想どおり本人に問えないまま、仕事もできずに一週間悶々とした結果、とにかく、彼女がどこに行っているかそれがわかればいいのだ、とぼくは結論づけた。

小説、漫画原作、ドラマ脚本、ときにはコントのネタなど、なんでも書いて商売にしてきた自分だから、ミステリーを書いた経験も、一応ある。そのときに私立探偵に実際に取材をしたので、「尾行」のやり方も教えてもらった。まさか、自分が実際にそれをやることになるとは、夢にも思わなかったけれど。

次の金曜日、ぼくは編集者とランチミーティングがあると嘘を言って、歌奈よりも先に家を出た。

歌奈が通う義父の税理士事務所は、家からバスで十分ほどで着く駅の近くにある。ぼくらが住んでいる場所は区内だが、その駅からは市になる。都心の駅よりはのんびりとした雰囲気だが、商店街は活気があって、行き交う人も多い。

その駅前の商店街で売っているメンチカツを買ってきたことから、歌奈は金曜に事務所に行ってなくても、その駅周辺には行っていると読んで、先にそこへ行って彼女を待ち伏せし、どこに行くのか、こっそり後をつけてみることにしたのだ。

ぼくは、バスロータリーがよく見えるファストフード店の窓際の席に陣取ると、ジャケットを脱いで、普段あまり着ないパーカーに着替えた。これも取材で知ったことで、バレないための簡単な変装と言っていい。そして自分が乗ってきたのと同じ系統のバスから降りてくる乗客を見つめて待った。

予想は当たり、だいたい見積もっていた時間に、歌奈の姿を見つけた。ぼくは、彼女が事務所のある方向に歩き出すのを確認してから、速やかに店を出た。

歌奈は、商店街を抜け、店舗などが混在している住宅街の方へと向かっていく。その後ろを、見失わないぎりぎりの距離を保ちながら追った。彼女はこちらをふりむくこともなく、まったく気づいていない。尾行はうまくいっているということだ。

そのとき歌奈が、肩に下げているバッグをかけなおして、ぼくは用心して一瞬足を止めた。彼女は歩みを止めることはなく、安心して、ぼくもまた歩き出した。でも、うまくいくほど、これは大丈夫な行為なのだろうか？　と彼女の背中を見つめて思い始めた。

歌奈がどこに行っているのか知りたいがため、勢いでこんなことをしているが……冷静になれば、これってストーキングでもあるよね？　というか、証拠もないのに妻の浮気を疑う、ただのヤバい夫の、ヤバい行為とも言える。

「いや、それとは違う」

自分に言い訳するように呟《つぶや》いた。ぼくに黙ってどこに行っているかを、ただ知りたいだけなんだ。でも、ヤバい夫も問われたら、同じことを言うに違いない。次回、犯罪者が主人公の小説を書いたら、リアルな心理を描けそうだと、よけい落ち込んだ。

歌奈は今のところ、親の事務所へと真っ直ぐに向かっている……。もしかすると、先週の金曜日はたまたま直行直帰で歌奈は外まわりの仕事をしていて、今週に限って「来ない日」だと義父が言ったという可能性もある。そちらの線の方が、ありそうに思えてきた。そうなってくるとますます、

「マジで、なにやってんだ、おれ」

と言葉が出た。もう少しで犯罪者になるところだった。早いところ引き返そうと、ぼくはそこで立ち止まった。

見ると歌奈は、ちょうど右に曲がれば事務所がある道まで来ていた。けれど彼女は歩調をゆるめず、その交差点を……通り越した。歩くペースを若干《じゃっかん》上げて、その先にある都立公園の方へと、真っ直ぐに進んでいく。

やはり、事務所には、行っていない。

それが判明した。ぼくは、追うか追わぬか葛藤《かっとう》しながらも、彼女と同じ方向に、結局は進

んだ。

公園に近づくほど人通りが少なくなってきたので、さらに距離をとって、彼女の後をつけた。しかし、なぜこちらへ行くのだろう？　この先に、なにがあるというのだ？

「カァ！」

ぼくはびっくりして、電柱の上のカラスを見上げた。

都立公園の植え込みに隠れているヤバい夫は、まさにドラマの探偵のように、道を一本隔てた向こうにある建物を、首をのばして観察していた。

なにかを目指して歩いていた歌奈は、公園の中に入っていったが、そこを散歩するでもなく、そのまま突っ切って反対側に出た。そして公園のすぐわきの住宅街に建っているカフェに、入っていったのだった。どうやらここが、目的地であるらしい。

カフェといっても、打ちっぱなしのモダンな戸建ての建物で、一階がカフェ、二階が住居スペースになっているようだ。木製の看板の日焼け具合から見ると、そこまで新しい店ではなさそうだ。

「『Café B&Y』」

ぼくは目を細めて店名を読んだ。双眼鏡があったらと思うが、大きな窓からは、店内の様子をのぞき見ることが充分にできる。でもそれは、向こうからもこちらが見えるということで、だから植え込みに隠れているというわけだ。公園を散歩している人に気づかれたら、めちゃくちゃ怪しいので、それも気にしつつ、店内に入っていった歌奈の様子が見えないか、ぼくは目をこらした。

歌奈は店に入っていくとき、

「こんにちは」

と、こちらにも聞こえる明るい声で言っていた。店主に言ったようだが、その人はカウンターの向こうにいて、ここからだと姿はよく見えない。窓際の席には、老人や、親子連れなどがリラックスした雰囲気で座っている。ほとんどの客が、飲み物を片手に本や雑誌を読んでいて、店内の壁が本棚になっているのも見えた。

「ブックカフェ、か」

歌奈は、顔見知りなのか、他の客にも笑顔で挨拶《あいさつ》して、言葉を交わすと、カウンター席に座った。ぼくに背を向ける姿勢になったので、ちょっとホッとして、ぼくはまるめていた背を少しのばした。

別の意味でもホッとしていた。妻がぼくに内緒で行っていた場所が、ブックカフェだとわかったからだ。どうしてそれを秘密にしているのかは謎だが、誰かと密会しているわけでもなく、ぼくに言えないような問題がある場所に出入りしているわけでもないとわかって、少し安堵《あんど》した。

もしかすると、単に金曜は事務所で働くのをやめただけ、それだけの話かもしれないと、また思い至った。今日はこのブックカフェに来ているが、ただ、事務所のある駅周辺をふらふらして遊んでいるだけ、ということも考えられる。最近は雑務もそこまでなくて、若くない親からバイト代を取り上げるのもしのびなくて、勤務日を減らした可能性は充分にある。でも、ぼくは職業柄、週末も関係なく働いているし、忙しいときは、ほぼ毎日仕事をしていると言ってもいい。そんな夫に遠慮して、働くのは週四日にしたと、言えなかっただけなのかもしれない。そう考えれば歌奈の行動は、そこまで不思議なものではなくなってきた。

「本当に、なにやってんだ、おれは」

今度こそ、心底自分が情けなくなった。少しでも妻を疑ってしまったこと、尾行までしてしまったことを後悔し、窓の向こうに見える彼女の背中を見て、ごめんなさい、と言うしかなかった。打ちひしがれて、もう引き上げようと思ったそのとき――。

彼女がカウンターに肘《ひじ》をついた。反省し続けていたぼくの思考が、ぴたりと止まった。

「頬杖……」

彼女がそんな仕草《しぐさ》をしているのを、最近は見たことがない。結婚する前の遠い昔、ぼくと向き合って長いことおしゃべりをするときに、よくしていた仕草だ、と思い出した。

　ぼくは再び、身をかがめて茂みに隠れると、できるだけ距離を縮めてカフェの中をのぞいた。

　歌奈がしゃべっている相手は、カウンターの中にいる店主に違いない。けれど、相変わらず柱がじゃまして、どんな人物か、よく見えない。すると歌奈が肘をあげた。大きな手が、カウンターの向こうから伸びてきて、マグカップを歌奈の手もとに置いた。……店主の手だ。

　他の客はカップで出されたものを飲んでいるが、歌奈はマグカップで飲み物を注文したようだ。そして歌奈は、肩を揺らした。店主がなにか面白いことを言ったのだろう。一瞬、彼女の横顔が見えた。

　ぼくはその後もしばらく彼女の背中を見つめていたが、彼女はマグをなかなか口に持っていかなかった。そのぐらい、話が盛り上がっているということだ。

　そっと茂みから出ると、ぼくは駅に向かって歩き始めた。知ってよかったことと、知らなきゃよかったこと、その両方を抱えながら。


　夕方、仕事に行っていたふりをして帰ってきた歌奈は、やはり機嫌がよかった。駅ビルの食品売場で買ったと思われる総菜《そうざい》と、昨夜のブリ大根の残りを食卓に出しながら、なにか思い出し笑いをしている。なにを笑ってるの？　とは聞けなかった。

「ランチミーティング、どうだった？」

ご飯を炊飯器から茶碗によそっている歌奈に聞かれて、

「うん……ちょっと、疲れた」

と返すのが、せいいっぱいだった。

その週末、ぼくは腕を組んでパソコンに向かっていたが、もちろん小説など、一文字も書けなかった。

金曜に仕事がなくなったことを歌奈はぼくに言いづらくて、あのカフェや他の場所で時間をつぶしているのではないか、と一度は思ったが。むしろ、そう思いたいところはあるが、その推測も、昨日の歌奈のカフェでの様子を思い出すと、揺らいでくる。なんとなく、他はないように思う。

「金曜は、必ずあのカフェに行ってる気がする」

と正直な気持ちを自分に言った。秘密にしている理由は、

「やはり、あのカフェに……」

あるんじゃないか、と最後はそこに行き着く。

歌奈は、あまり部屋から出てこないぼくを、仕事が佳境に入っているのだろうと思ったの

か、週末は邪魔しないようイヤホンでドラマを観たり、ぼくの好きなタイカレーを作ってくれたりして過ごしていた。

　そして月曜が来て、歌奈は、いつものように午後から出かけていった。金曜ではないから、今日は本当に親の事務所に行って仕事をするに違いない。だとしたら、

「……行ってみるか」

　と、ぼくはパソコンを閉じて、立ち上がった。悶々としているだけじゃ埒《らち》があかない。あのブックカフェに行って、自分の目で見れば、

「ただ、時間つぶしに使ってるのか、それとも、そこに秘密があるのか……」

　どちらか、わかるような気がした。わかってしまうのも怖いけれども。

　家を出て、ぼくは自転車を取りに駐輪場に向かった。バスで行って、下手に歌奈と駅周辺で出くわすといけない。ここから自転車であの都立公園に行ったことも何回かあるが、二十分ぐらいだった。駅を回避して遠回りしても三十分はかからない。カフェでコーヒーを一杯飲んで、どんなところか見て、帰ってくれば、二時間も使わずにもどってこられるだろう。

「いい運動だ」

　と、スポーツタイプの愛車のペダルに足をかけた。

　物語に出てくる、それまでのんきだった登場人物も、なぜだか事が起きると、急に行動的

になる。ばあさんは、流れてきた巨大な桃を背負って帰り、浦島太郎は、お礼をしたいと言う亀の背中に乗る。けれど、それはほんの序盤であることを、彼らはまだ知らない。

ぼくも同じだった。そして彼らと同じく、もう引き返せない道を進んでいると、どこかで感じているのだった。

—第一話—

ちょっとやる先生

—『ドリトル先生航海記』—

公園わきにあるカフェの前で自転車を降りたぼくは、入口の上に掲げてある木製の看板を改めて見やった。

『Café B&Y』

ブックカフェだから、Bの意味はブックだろうか。Yはなんだろう？　建物はモダンなデザインだが、エントランス裏へと続く庭には、イングリッシュガーデン風に植木が植えられていて、花壇も可愛らしく作られている。タイルが敷いてあるスペースにママチャリが一台停まっていて、ぼくもそのよこに自分の自転車を停めた。窓の向こうをのぞくと、暖色の照明が灯っていて、お客も数人いる。営業しているようなので、看板と同じ無垢の木の扉を手前に引いて、ぼくは店に入った。

コーヒーの香りと、欧州旅行を思い出させる独特の匂い。

「いらっしゃいませ」

店主の響く声が、同時にぼくを迎えた。

そして目に飛び込んできたのは、想像していた以上の数の本だった。窓以外の全ての壁面は、造り付けの本棚になっていて、それだけでなく木製の小さな本棚や、本が詰まった木箱がところかまわず置いてある。背表紙を見る限り、全てが洋書であるのも驚きだった。

そちらに圧倒されて、カウンターの向こうからこちらを見ている店主へと目をやるのが、ちょっと遅れた。その人を見て、再びぼくは驚き、同時にこの空間と香りに合点がいった。

英国か、ヨーロッパ系か、アメリカ人という感じではないが、背も鼻も高い大きな外国人男性で、年齢は四十代、欧米人は老けて見えるから四十代前半ぐらいかもしれない。白いシャツにサスペンダーをしていて、ソムリエエプロンをしているという、変わったスタイルだ。

「お好きな席へ、どうぞ」

と言われて、そのネイティブな日本語に改めて驚く。

「あ……はい」

嗅覚、視覚、聴覚と、予想していなかったものに次々と襲われて、ぼくは口を半開きにしてそこに突っ立っていた。妻の行動を内密に調査するのが目的であるから、当初の予定では、店主や常連客の記憶に残らないよう、目立たない席に座り、さくっと店を観察するだけのつもりだった。が、入口で固まっているこの時点で、けっこうな印象を残している気がする。

「どうぞ。窓際でも、カウンターでも」

店主は、口元に笑みをたたえているが、ヘーゼルの瞳は迷子の子供を案じているかのように、真っ直ぐこちらを見つめている。カウンターに座る、はもちろんないので、ぼくは窓際のテーブル席にぎこちなく座った。木の椅子には東南アジアの布で作った薄いクッションが敷かれていて、見た目より座り心地がよかった。

窓の外に目をやると、金曜日にぼくが隠れていた公園の植え込みが見えた。思ったよりこちらからは見えないので、ちょっと安心したが、そこで身をかがめていた自分を想像したとたん、急にやるせなくなってきて、すぐにテーブルに視線をもどした。

小さなメニューがあるのを見つけて手に取ると、日本語と英語で品目が書かれていて、ホットコーヒーは、カップとマグの二種類あった。歌奈が飲んでいたのはこれだろう。けれど値段的には二十円しか差がない。というか、カップにしろマグにしろ、個人でやっているカフェなのにチェーン店なみの低価格だ。長居してくださいという雰囲気の店で、こんな値段で、儲《もう》けがあるのだろうかと思う。

もちろん、軽くコーヒーを一杯飲んで、速やかに帰るつもりだが、参考までに他の品目も見ていると、下の方にある文字に目がとまった。

『英国風スコーン（クロテッドクリーム&コケモモジャム付き）』

なんだこれ、めちゃくちゃ美味《うま》そう。甘いものに目がないぼくは、ここに来た目的を一瞬忘れ、その文字をじっと見つめた。ちょっと、これは……食べてみたいな。

「スコーン、おいしいわよ、ここの」

驚いてふりむくと、隣のテーブル席に一人で座っていた、七十過ぎぐらいの女性が、ぼくの方に身を乗り出してメニューを指した。ぼくがメニューに釘付けになっているのを見ていたようだ。

「ドリトル先生のスコーンは絶品よ！　本場イギリスで食べても、こんなにおいしくなかったもの。ジャムも手作りなの。あなた、あまり見ないお顔だわね？」

ぼくは、またぽかんと口を開けていた。そして、製氷機を開けて氷をガラガラと水差しに入れている店主の方を見た。

「ドリトル先生？」

「みんな、そう呼んでるの。ホントのお名前は、えーと、ストーン……」

白髪を紫に染めているおばあちゃんは、額に手をやった。

「ウィンストンです」

カウンターから出てきた彼は、厚手のグラスにお冷《ひや》を注ぎ、ぼくの前に置いた。そして、ぼくに注文を促すでもなく、またカウンターの中にもどってしまった。大柄の彼にはちょっと狭そうな厨房《ちゅうぼう》だが、落ち着いた動きで、カップを拭いたり、ルーティンの作業をしている。

「じゃ、コーヒーと、その、スコーンを」

ぼくは、紫の髪のおばあちゃんになぜか頼んでしまった。彼女は嬉しそうに店主に呼びかけた。

「先生、こちらの方、コーヒーとスコーンですって！」

そしてぼくの方を向いて聞いた。

「コーヒーのサイズは？　マグ？」

もうどうにでもなれと思って、それで、とうなずいた。

「マグカップでコーヒーと、スコーンですね」

店主はカウンターの向こうから、ぼくに微笑んだ。

「少々お待ちください」

そしてドリップでコーヒーを淹《い》れ始め、おばあちゃんも、おせっかいはそこまでにすると、座り直して読書にもどった。分厚いペーパーバックで、ここの蔵書だろうか。英語の本が読めるんだ、とちょっと驚く。

彼女の他に、お客は二人。ノートパソコンを叩いている大学生らしき女の子と、やはり年配の男性。彼はカウンターの端でコーヒーを飲みながら普通の新聞を読んでいる。駅近にあるカフェよりは、広さに対して余裕を持った感じでテーブルがあり、席数は全部で二十ないぐらいだ。

改めて、店内を埋め尽くしている蔵書を眺める。これらの洋書が、「外国の匂い」を醸し出しているのだろう。と思っていると、スコーンを温めているのか、香ばしいバターの香りがしてきて、いや、こっちが匂いの元かなと思う。たぶん両方だ。

店主もお客も、自分の仕事に集中しているのを確認してから、ぼくはそっと立ち上がって、本棚に近寄った。

背表紙に視線を泳がすが、英語だから自然と右に首が傾く。きっと日本語には翻訳されていない、面白い本がいっぱいあるに違いない。ジャンルごとに著者名のアルファベット順で整理されていると思われるが、小説もクラシックから現代作家までそろえてありそうだ。分厚い背表紙を見て、英語をすらすらと読めないことを残念に思う。

ようやく英語でも内容がわかる本を見つけた。映画関係の本が並んでいるコーナーだ。名作映画のタイトルや、名監督の名は英字表記でも馴染《なじ》みがあるから親しみが湧く。ペーパーバック版の脚本もあって、ようやくその一冊、『STAND BY ME』に手をのばした。

席にもどってきて、それをパラパラと見ていると、

「お待たせしました」

店主が、コーヒーとスコーンを運んできて、ぼくの前に置いた。なんだ、これは！　こんがりと焼けた二個のスコーンは、ケチくさくない大きさで、狼の口のようにパックリと開い

ていて、別容器に用意されているクロテッドクリームとジャムも山盛りだ。思わず、

「わ、うっまそ」

と声が出てしまった。できるだけ目立たないようにしているのに、この不思議な店はなかなかそれをさせてくれない。今日も、公園の植え込みから観察するべきだったかもしれない。

「ごゆっくりどうぞ」

と、店主は言って去ろうとしたが、ぼくの手元に本があることに気づいたのか、ふりかえった。

「ここにある本は、一部を除いて貸出しできますので。その場合、個人情報をいただいて、図書カードを作ります」

ぼくは彼を見上げた。

「あ……はい。どうも」

「映画が、お好きですか?」

ぼくは苦笑して、返した。

「知ってる映画の脚本なら、英語でも、なんとなくわかるかなと……」

彼は微笑んで、去っていった。と思ったら、ぼくがさっき見ていた映画のコーナーから、なにか一冊取り出して、もどってきた。

「『STAND BY ME』も面白いと思いますが。これは、黒澤明の映画『生きる』の、英語版脚本です」

と店主は説明して、それを差し出した。

「日本映画の英訳の方が、読みやすいかもしれない。観たことありますか？」

「あ……好きな、映画です」

ぼくは、それを受け取った。英語で書かれたタイトル『IKIRU』が、あの『生きる』だとは気づかなかった。

ぼくが表紙を見ている間に、店主はもうカウンターの中にもどっていた。ジャムが大量に入った容器を冷蔵庫にしまっている彼の大きな背中を、ぼくはじっと見た。

スコーンを食べながら、英語版の『IKIRU』を開いてみた。彼が言うように読みやすかった。日本語のセリフが頭に入っているから、わからない単語があっても読めるし、英語だとこう言うのか、と知るのが面白い。そしてスコーンも、おばあちゃんが言うとおり、最高においしかった。

「今日は空いてますね。ドリトル先生、アールグレイをポットでお願いします」

中年女性の声に、ぼくは、ハッと我にかえって本から顔を上げた。名監督と名脚本家のドラマツルギーに今さら感動して、没頭して英文を読んでいた。窓の外を見ると驚いたことに、もう日が傾き始めている。紫の髪のおばあちゃんもだいぶ前に、「スィーユー」と言って帰っていった。気づけば店内にいるのは、今、店に入ってきた人と、ぼくの二人だけだ。スマホを見れば、

「あっ、やばい」

もうすぐ歌奈が帰ってくる時間で、慌てて彼女にメッセージを送った。

『資料を探しに図書館に来てます。ご飯炊くの忘れた、ごめん！』

すぐに歌奈から、お弁当を買って帰るから大丈夫、と返信がきた。読んでいたものを本棚にもどしに行くと、

「適当に、入れておいてください」

紅茶を淹れている店主が、ぼくに声をかけた。没頭して読んでいたのに、それを借りていかないことに、

「あの、近くではないので……」

と自ら言い訳していた。店主は了解したように小さくうなずいて、ぼくはまた余計なことを言ってしまったと後悔する。

会計をお願いすると、店主は小さなレジスターに向かい、ぼくから代金を受け取った。

「ありがとうございました。またお待ちしています」

お釣りとレシートをぼくに渡しながら、ヘーゼルの瞳で、ぼくのことをまた見つめた。入店したときとは違い、微《かす》かに親しみの光がそこにはあった。

「お気をつけて」

という言葉に送られて、ぼくは店を出た。自転車を出しながら窓の向こうをちらっと見ると、店主は、ぼくが本をもどしたところに行って、じっとそのコーナーを見つめていた。それは書店員が在庫を確認しているときの顔つきと、よく似ていた。

カフェB&Yから逃げるように、ぼくは自転車を走らせていた。そして、充分にそこから離れると、大きく息をついて、

「まいったな」

自分に言った。このような展開になるとは、家を出たときには想像もしていなかった。眩暈《めまい》をおぼえるぐらい、予想外のことばかりだった。こっそりカフェを探るつもりが、

「どっぷり、浸かってしまった……」

ぼくのわきが甘いというのもあるけれど。でも当初の目的、ぼくが確かめたかったことの半分は答えが出た。

歌奈は、時間つぶしのためではなく、あの店に行きたくて、毎週金曜に行っている。それは確信した。圧倒されるような、他にはないような店だったからこそ、そう思う。

でも、なぜそこに通っていることを、ぼくに秘密にしているのか？　それは、まだ謎のままだ。追及したければ、さらなる調査が必要になってきそうだ。

キーパーソンは、「ドリトル先生」と呼ばれている、あの店主だ。それもぼくは確信していた。そして自問した。

「さあ、どうする？　引き返すなら、今だぞ」

浦島太郎も、桃太郎のばあさんも、引き返すなら今かな、と思ったのかもしれない。用事を思い出したから陸に引き返してくれ、と亀に言おうとしたかもしれない。赤子が入っていた桃を閉じて、見なかったことにしようとしたかもしれない。ぼくも、今日あったことは全て忘れて、日常にもどればいいのだ。

でも、それができないのが人間だ。

「まずは、図書館だ」

ぼくはそちらの方向へと、道を曲がった。

公園の近くにある中央図書館で借りた本を抱えて帰ってきたぼくを、歌奈は怪しむこともなく、弁当を温めて、夕飯にしてくれた。ぼくは、それを食べ終えると、借りてきた本を読みたいからと、仕事部屋に入った。今日の自分の秘密の行為を考えると、歌奈の顔を真っ直ぐに見ていられないのもあった。

けれど、本を読みたいというのも嘘ではなかった。読み始めたのは、歌奈を信用させるためにフェイクで借りてきた本ではなく、バッグの底に忍ばせておいた、小さな一冊だった。カバーもページもくたくたになっていて、貸出しが頻繁であることを語っているその本の表紙には、

『ドリトル先生航海記』

と題名がある。今も現役で子供たちから愛されている本だとわかるが、ぼくも小学生の頃にドリトル先生シリーズは何冊か読んだ記憶があり、懐かしい表紙絵を久しぶりに見た。

作者のヒュー・ロフティングは英国に生まれ、二十世紀の前半に、この動物の言葉がわかる博物学者、ドリトル先生の物語を発表した。借りてきたのはシリーズの二巻目だが、最初の『ドリトル先生アフリカゆき』よりも完成度が高く、米国で児童文学の賞も取っている作品だと、あとがきにある。

舞台は十九世紀、英国の港町らしき場所に屋敷を構えるドリトル先生と、一緒に暮らす動物たちとの冒険物語だ。ドリトル先生と動物たちはその港町から、行方不明になっているロ

ング・アローという偉大な博物学者を探しに航海の旅に出る。途中、嵐で船が難破したり、たどりついた島で先住民の人たちを病気や寒さから救ったり、悪い連中と戦って勝利して、王様に祀り上げられてしまったりする。最後は巨大なカタツムリに乗って海底を探検しながら帰ってくるというてんこ盛りで、飽きさせず話が展開するエンタメな作品である。子供の頃に、ドキドキしながら夢中になって読んだのを覚えていて、一番印象に残っている作品なので借りてきた。

子供の頃に読んだものを大人になってから再度読んで、当時はわからなかった物語のテーマや真理、作家の細やかな配慮に気づき、改めて衝撃を受けるということがよくある。ぼくのように物語を書く側になった場合は、なおさらだ。

「すごい作品だったんだな。ごめんなさい」

気づかなくて、と同業者として尊敬の念を抱くことになる。これもまた、そのような一冊であることが、数ページ読んだだけで予感できた。

とはいえ、この本を借りてきた理由は、そこではない。歌奈がなぜ、ぼくにあのカフェのことを秘密にしているのか。彼女に知られずに、もう少し探る必要があり、キーパーソンは「店主」であると、ぼくは睨《にら》んでいる。まず、どういう人かが知りたい。なぜ「ドリトル先生」と呼ばれているのか、それも気になった。そこで、ドリトル先生がどんな人物であったか、思い出すためにこれを借りてきた。

指にやさしい、角のないページをめくって、ぼくはドリトル先生に注目しながら、その物語を読み進めていった。

まずは、見た目に注目。物語のドリトル先生も、出かけるときはシルクハットにモーニング姿で、サスペンダーをつけている。

「サスペンダーか。これが理由かな」

その印象で呼ばれている可能性は高い。けれど……ドリトル先生の体形は、ぽっこりお腹で小太りだ。ブックカフェの店主は大柄で、太ってはいないから、あまり似ているとは言えない。髪の毛もドリトル先生は、ちょっとさびしい。彼は、ふさふさだった。

「鼻が大きいのは同じだけど……」

それだけで似ているというほどではない。イメージでは、同じ「先生」でも『チップス先生さようなら』のチップス先生の方に似ている。

となると、ドリトル先生と呼ばれている理由は、見かけだけでないところにありそうだ。物語のドリトル先生のすごいところは、なんといってもあらゆる動物の言葉がしゃべれるところ。あの店主も、おそらくバイリンガルで、日本語だけでなく色々な言語がしゃべれるのかもしれない。

「それは、ありえるな」
と呟いて、ぼくは物語を読み進めた。すると、ドリトル先生が、お金に関して無頓着なところが出てきた。そこは、あの店主と似ているかもしれないと思った。博物学の研究に人生を捧げ、お金がなくてもちっとも気にせず、献身的に病気の人間や動物を商売っ気なしで診てあげるドリトル先生。安いコーヒーで、自分の蔵書と場所を惜しみなくお客さんに提供している彼が、ちょっと重なった。

さらに読んでいくうちに、あるページでぼくの手は止まった。この『ドリトル先生航海記』は、ドリトル先生の助手である男の子、トミーが語り部となって物語が書かれている。

そのトミーは動物が大好きな男の子だが、家は貧しい靴屋で、学校に行っていない。早く大人になって貧乏な家から出たいと思っていた彼は、ドリトル先生と出会い、子供なのに先生の助手にしてもらえることになる（こういう展開が子供心をくすぐる）。トミーは、オウムのポリネシアやアヒルのダブダブを始め先生が一緒に暮らしている動物たちとも仲良くなり、彼らの言葉も勉強して、共に航海に出たり冒険をすることになるのだ。

当初トミーは、学校に行ったことがない自分を卑下《ひげ》していて、先生のような博物学者になりたいけれど、読み書きができなくては、なれないんでしょう？　とドリトル先生に問う。

ところが先生は、自分が一番尊敬している博物学者はダーウィンでもなく、生物のことを全て知り尽くしている、先住民族のロング・アローだと教える。

『いちばんえらい博物学者は、じぶんの名前さえ書けないし、ＡＢＣも読めないのだ』

ドリトル先生はトミーに言う。

『なんの教育もなく、あの人一流のやり方で、その生涯を自分の研究に打ち込んだ。私の念願した研究態度にそっくりだよ』

その言葉に、まさに子供のときには気づかなかった物語にある奥行を見て、感動していた。

「ドリトル先生って、すごいな……」

表紙絵にある、ロング・アローと握手をしている凜としたドリトル先生の姿を、ぼくは見つめた。

そのときだ。コンコン、とドアを叩く音がした。

物語の中にいたぼくは、ハッとして本から顔をあげた。歌奈だっ！

「はいっ」

と慌てて、ぼくは返した。

「コーヒーでも、淹れる？」

彼女がドアを開けて顔を出したのと、ぼくがドリトル先生の本を机の下に放り込んだのは、ほぼ同時だった。

「こ、コーヒー?」

両手になにも持たず、やけに良い姿勢で安楽椅子に座っているぼくは、かなり不自然だったと思う。

「食後のお茶も飲まないで、部屋に入っちゃったから」

歌奈はぼくを見て言った。ぼくは、ぎこちなく両手をのばして、ストレッチをしていたふりをした。

「そ、そうね。すみません。淹れてもらおうかな」

動揺しているのがまるわかりで、歌奈も、さすがに眉をひそめている。

「ちょっと、構想中で、ぼーっとしてた……」

聞かれてもいないのに言い訳をすると、彼女は首をよこにふった。

「それは、嘘だ」

ドキッ、として彼女を見返すと、

「寝てたでしょ?」

歌奈はニヤッと笑った。その言葉にホッとして、笑って返した。

「あっ、バレた?」

いつものことよ、と歌奈は言って、部屋を出て行こうとした。

「コーヒーより、日本茶の方がいい？」

ふりかえって言う彼女に、ちょっと安堵したぼくは、

「あっ、紅茶って、あったっけ？」

と聞いていた。ドリトル先生とトミーと動物たちは、なにかにつけてお茶を飲むのだが、英国が舞台の物語だから、それがおいしそうで飲みたくなってしまった。

「紅茶？」

歌奈は、ちょっと驚いたような表情になって、

「あるけど。あなたが紅茶を飲みたいなんて、珍しい」

首をかしげて、部屋を出て行った。

ひとりになったぼくは、また、よけいなことを言ってしまったかな、と額に手をやるのだった。

翌々日、ぼくはノートパソコンが入ったデイパックを背負うと、また愛車にまたがった。

歌奈は親の事務所へと、先ほど出勤した。ぼくは彼女に出くわさないよう、細心の注意をはらって道を選び、公園わきにあるカフェ、Ｂ＆Ｙへと自転車を走らせた。

本当のところ、翌日にでもそこへ行きたかったのだが、打合せがあって断念した。仕事の

進行がだいぶ遅れていることを担当編集者に心配されたが、歌奈の秘密の行動を知ってから、執筆が滞っていることは否めない。

けれど、パソコンに向かっていたところで、そのことが気になって仕事が手につかない。どうしたものか、と腕を組んで考えていて、ふと閃《ひらめ》いた。

「あのカフェにパソコンを持っていって、仕事をすりゃいい」

我ながら、ナイスアイデアだと思った。仕事もできるし、歌奈の秘密を探ることもできて、一石二鳥だ。

「しばらくカフェに通ってみたら、歌奈が秘密にしている理由がなにかしら、わかってくるかも……」

でも、先日の尾行と同じで、この行為を彼女に知られたらまずい。あのように常連が多いカフェだと、店主か客が、ぼくのことを歌奈に話してしまう可能性もある。

「自転車で、ヘンな作家らしき男が来た」

などと彼女に話したら、一発でぼくだとわかってしまうだろう。とはいえ印象に残らないようにするのは無理、と前回わかったから、なにか工作する必要はある。

さらに、歌奈が金曜以外の日にカフェに現れないとも限らない。運悪く鉢合わせしたときは、ぼくもこのカフェを偶然見つけたのだと装うしかないだろう。図書館が近いからそこまで不自然ではない……と、思う。

そのようなリスクがあるとわかりつつ、引き返すつもりがないぼくは、竜宮城の門をくぐる浦島太郎を思いながら、カフェに到着した。そして店の扉を開けた。

「いらっしゃいませ」

ドリトル先生と呼ばれている店主は言ってから、ぼくを認識すると、ちょっと驚いたような表情になった。こんなに間を空けずにまた来るとは思わなかったのだろう。

「こんにちは」

すぐに彼は笑顔になってそう言った。店内を見やると、あの紫の髪のおばあちゃんもいて、彼女もぼくに気づいたようだった。

「お好きな席へ、どうぞ」

店主に言われて、ぼくは前に座ったところと同じ場所を選んだ。テーブルもノートパソコンを開くのに充分な広さがある。

「こんにちは」

隣の席から、紫の髪のおばあちゃんがさっそく声をかけてきた。

「どうも」

と、ぼくはこの前よりは愛想よく返した。

「スコーンが気にいった？　それともここの本？」

微笑むおばあちゃんに聞かれ、

「あ、はい……どちらも」

遠慮がちに答えたが、コーヒー豆の補充作業をしている店主の耳にも聞こえたようで、満足そうな表情をしている。そう言ってしまった手前、注文しないわけにもいかず、ぼくはメニューを見て、

「スコーンと、あと飲み物は……」

紅茶をポットで注文した。そのオーダーに店主は、また満足そうな顔をした。

間もなく店中にバターと小麦の香りが広がって、スコーンが用意されると、彼は紅茶のポットと一緒に、ぼくのところにそれを運んできて、言った。

「正しい選択ですね。このスコーンはコーヒーにも合うので、選択は難しいですが」

「ご店主は、イギリスの方なんですか？」

自然な流れで聞くことができて、キーパーソンのリサーチを、ぼくは始めた。

「はい。父がイギリス人で、母が日本人です」

ヘーゼルの瞳でじっとこちらを見て、彼は答えた。日本人の血は見た目ではあまり感じられないが、だからの流暢《りゅうちょう》な日本語か、と納得。

「なので、英語も少ししゃべれます」

と彼は冗談っぽく付け加えた。すると、紫の髪のおばあちゃんが話に入ってきた。

「英語だけじゃないわよ。フランス語もドイツ語もしゃべれるのよ」

店主は、首をよこにふった。

「少しわかるだけですよ」

謙遜《けんそん》しないで先生、とおばあちゃんは笑って続けた。

「ワンコとも、お話できるのよ」

ぼくは、目を大きくして驚きを表した。

「えっ、犬と？」

店主は困ったように天を仰いでいる。

「さすがに犬語は、わかりませんって」

おばあちゃんはかまわず、窓の外を指して続けた。

「前にね、そこの道をうろうろしている迷子の犬がいて、先生が出ていって話しかけたら、足元にちゃんとお座りしてね。飼い主が探しに来るまで、先生の言うこと聞いて、お店の前でおとなしく待ってたのよ。みんな驚いちゃってね」

へー、とぼくもその話に驚いていると、店主は、

「向こうが人間の言葉がわかる賢い犬だったんですよ」

と笑って、カウンターの中へもどっていった。

「いーえ、あのときは絶対に犬語を話してたわよ。犬があんな親しみをこめた態度をとるのを、初めて見たもの」

おばあちゃんは負けずにひっぱるが、ぼくも興味津々だ。期せずして一番知りたかったことを聞くチャンスがきた。

「それで、『ドリトル先生』と呼ばれているんですか？　それが理由ですか？」

「そうなの。バイリンガルだし、犬とも話せるし。誰かが、『ドリトル先生みたい』って言って、それからドリトル先生になっちゃったの」

おばあちゃんは笑顔でうなずいた。

「でも――」

カウンターの中の店主を、彼女は見やった。ぼくも一緒にそちらを見た。

「それだけじゃ、ないかもね」

店主は、ぼくたちの視線に気づいて、こちらを見ると、とても自然な仕草で両肩をすくめた。あれは、ぼくたちにはできない。

おばあちゃんが思わせぶりに言った言葉はもちろん気になったが、店主の基本情報は得られた。ぼくは、絶品スコーンと、確かに正解だと思う熱くて濃い紅茶をすすりながら、どういう生い立ちの人なのだろうかと興味を抱いた。

その彼が、

「よかったら、フリー Wi-Fi 使ってください」

と、パスワードを書いた紙を、ぼくのところに持ってきた。スコーンを食べ終えたぼくが、デイパックからノートパソコンを出したのに気づいたようだ。

「あ、どうも」

ぼくはそれを受け取った。そして歌奈にバレないよう、工作をするのは今だと思った。

「その……最近は、在宅ワークが多いんで、こういったところで仕事させてもらえるとありがたいです。家だと子供もいるんで」

我ながらよいできだ。店主は、うなずいて、

「どうぞ、どうぞ。ごゆっくり」

と言ってくれた。が、ちょっと首をかしげた。

「でも、お近くでは、ないんですよね？」

「あっ、まあ、でも、この公園にはたまに来るんで。いい運動になる距離で」

慌ててごまかした。そうですか、と彼はまたうなずいて去っていこうとしたが、くるっと

こちらをふりかえった。その目が、ぼくの嘘を見破っているかのようで、ドキッとした。

「なんでか、ぼくは『ドリトル先生』と呼ばれてるんですが」

彼の口から出たのは、先ほどの話題だった。本を読み始めていた紫の髪のおばあちゃんも、顔を上げた。

「ぼくは、本当に英語と日本語と、他はちょっとわかるだけです。ドリトル先生と見た目が似てるわけでもない」

「どちらかと言うと『チップス先生』ですよね」

思わず、言ってしまった。

「チップス先生！　ハッハッ、そりゃいい！」

彼は大きな声で笑って、ウケている。そして笑いながらカウンター席の椅子をこちらに向けて、そこに座ると、ぼくとおばあちゃんとに向き合った。

「『ドリトル』を英語ではどう書くか、ご存知ですか？」

彼の問いに、ぼくは首をかしげた。おばあちゃんは知っているようだが口を出さず微笑んでいる。

「Dolittle――ドゥ、リトルと書きます。訳者の井伏鱒二《いぶせますじ》が、日本人が発音しやすいようにドリトルとしたんです」

Dolittle の部分は、ネイティブな発音だった。

「ドゥ、リトルとは、文字通りの意味で、ちょっとしかやらない、なにもしないということ。つまり、ドクター・ドゥリトルとは、ヤブ医者って意味なんです」

「そうなんですか？」

知らなかった名作の事実に、ぼくは素直に驚いた。店主は笑って、

「そういう意味では、ぼくはドゥリトル先生かもしれない。ろくになにもしないで生きてますから」

と、自分の店を見やった。

「ま、ささやかには、やってますけど。だから、まさにドゥ、リトル。あだ名ってのは、その人のことをうまく言い表しているもんですよ」

自虐的なもの言いにも聞こえるが、彼がとても幸せそうな表情で話すので、むしろそのあだ名を愛しているように感じた。

「ドゥ、リトル……」

それを「ろくにやらない」という意味に受け取れば、ネガティブな言葉だ。しかし「ちょっとだけ、やる」と言い替えると、そこまで悪い印象にはならないように思えた。

「いい言葉ですね」

ぼくは彼の目を見て、そう返していた。彼は、ちょっと驚いたようにぼくを見返した。ぼくらは一瞬、見つめ合った。

じゃあ、と紫の髪のおばあちゃんが、いたずらっぽく笑った。

「私もこれからドゥリトル先生って呼ぼうかしら。ドリトルにしろドゥリトルにしろ、なんとかストーンよりは呼びやすいわ」

「ウィンストン」

ぼくが遠慮がちに正すと、彼の目が、またちょっと大きくなった。

「よく、ぼくの本名を覚えてましたね？」

「ジョン・レノンのミドルネームと同じなんで」

ぼくが言うと、彼は親指を立てた。

「コーヒーをサービスしましょう」

ぼくは、サンキューと返した。

「あなたの、お名前は？」

ドゥリトル先生に聞かれて、うっかりそれを考えておくのを忘れたと焦った。本名、田中道也から極力遠い名前を考えなければいけないのだが、あまり時間がかかるとよけい怪しい。

彼の肩越しにシュガーポットが見えたので、

「さとう、佐藤です」

と咄嗟に返した。よくある名前だし、まあ、いいだろう。

「私は、小暮《こぐれ》と言います」

紫の髪のおばあちゃんも自己紹介した。と、そのとき、ドアが開いて、小学三年生ぐらいの女の子が自分の家のように無言で入ってきた。

「さくらちゃん、いらっしゃい」

ドゥリトル先生は、笑顔で彼女を迎えた。けれど、女の子は挨拶もせず、まっすぐに本棚の方へと行き、子供の本があるコーナーの前にしゃがみこんだ。そして、勝手知ったるという感じで、絵本や児童書を何冊か出すと、床に並べ、それを読み始めた。

「いつも、ああなの」

小暮さんがぼくに言った。ドゥリトル先生はうなずいて、

「そして、いつもホットチョコレート。マシュマロ入りの」

と、頼まれてもいないそれを作りに、カウンターの中へと入っていったのだった。

第二話

大人が持っていないもの

―『長くつ下のピッピ』―

ぼくは時計を見た。小学生なら、まだ学校にいる時間じゃないだろうか。ランドセルも持ってないから、学校帰りの寄り道という感じでもない。さくらちゃんと呼ばれている子を、ぼくが遠目に観察していると、小暮さんが、

「お母さんと、よくここに来るんだけどね。最近は、ひとりで来るの」

と、また説明するように囁《ささや》いた。ドゥリトル先生は厨房で鍋の中をかきまわしていて、すぐにホットチョコレートのいい匂いがしてきた。

さくらちゃんが開いている絵本や児童書は、やはり洋書だが、その中に、ぼくが知っている懐かしい絵本も何冊かあった。

もちろんタイトルは英語で、大きさや装丁も日本語版とは少し違ったりするが、絵を見れば、あれはセンダックの『かいじゅうたちのいるところ』だ、あっちは『くまのパディントン』だ、などとわかった。

「子供の本が、かなりありますね」

それらが本棚を占めている割合が多いことに気づき、ぼくは小暮さんに言った。

「そうね。小さい子も来るけど、実は読んでるのは大人よ。英語でも読みやすいから」

カウンターの向こうから先生が加わった。

「日本人にも親しみのある本を、そろえてあるんです。大人も、懐かしいと言って開いてくれるんで」

確かに、子供のときに読んだ本なら内容を覚えているし、英語でも手をのばしやすい。さくらちゃんが開いて読んでいるのは、小さなお猿と、黄色い帽子をかぶった男の絵が描かれているシンプルな絵本で、

「えーと、あれは……『ひとまねこざる』だ」

日本語の題名を思い出してぼくは呟いた。すると、

「『おさるのジョージ』だよ」

と言ったのは、さくらちゃんだった。こちらに背を向けたままだが、ドスのきいた声でびっくりした。ぼくが、なにも返せないでいると、

「最近はそう言うのよね。アニメにもなってて」

小暮さんが間に入ってくれた。

「ああ、カワイイやつね」

テレビで視たそれを思い出した。原作はシンプルな絵だが、最近のアニメバージョンは、

表情豊かなイマドキのキャラクターにアップデートされている。

「ぼくも、『Curious George』で育ったから」

マシュマロの袋を開けながら先生は、あごで古い絵本を指した。

「こっちが、ぼくのジョージですね」

その言葉に、さくらちゃんが初めて、こちらをふりかえった。

「ドリトル先生は、新しいジョージは、きらい？」

真剣な表情で問われ、先生はマシュマロの袋に手を突っ込んだまま、さくらちゃんを見た。

「新しいジョージとは」

先生は、やさしく、けれどはっきりと答えた。

「まだ知り合いになってないからね。好きも嫌いも、ない」

さくらちゃんは、その絵本を手に黙っている。

「はい、ホットチョコレート」

先生は、花柄の可愛いカップに注いだそれをカウンターに置いた。さくらちゃんは素早い動きでカウンターに来ると、彼女にはちょっと高さのある椅子にのぼるようにして座った。そして笑顔で、ホットチョコレートを引き寄せ、添えられたスプーンは使わず、指でマシュマロをつついて、浮き沈みさせて遊び始めた。

「熱いわよ、気をつけてね」

と小暮さんが注意すると、彼女は素直にスプーンを手に取った。そのとき、

「さくら！　やっぱりここだった」

彼女の母親らしき女性が店の扉を開けて入ってきた。そして先生に頭を下げた。

「すみません！　またひとりで来ちゃって」

先生は、首をよこにふって返した。

「いいえ。大事な常連さんですから」

そして、どうぞ、とさくらちゃんの隣の席を勧めた。母親は、また頭を下げると、ハンカチで汗を拭きながらそこに座った。きっと走りまわって探していたのだろう。

「フリースクールに迎えに行ったら、いなくて。驚いて」

さくらちゃんは、黙ってホットチョコレートを見つめている。

「ここの本が読みたかったのよ」

小暮さんが明るく言って、母親もちょっとだけ微笑んだ。そして娘の顔をのぞきこんだ。

「ここに来たいなら、言えばいいのに。ママも一緒に来るから」

さくらちゃんは、表情を硬くして黙っている。先生はそんな親子を見ていたが、

「お母さんは、ご注文は？」

オーダーを促した。母親はハッと気づいて、慌ててメニューを取ると、コーヒーを、と頼んだ。そして迷惑をかけたお詫びという感じでケーキなども注文した。

母親の気が逸れたその隙に、さくらちゃんは逃げるように椅子から降りて、本棚の方へともどった。先生が意図して声をかけたのは明らかだった。

先生は、さくらちゃんが残していったホットチョコレートを、本棚の近くに運んで、ここに置いておくよ、と彼女に言った。娘が無言なので母親が、

「さくら、ありがとう、って言いなさい」

と声をかけたが、娘は背中を向けたきりだ。母親が来る前よりも、その小さな背中はさらにまるくなってしまったような気がした。

フリースクールという言葉や、さくらちゃんの一連の感じを見ていて、不登校なのかな、と思った。私塾のバイトで不登校の中学生や高校生に、ぼくは勉強を教えたことがあるので、なんとなく態度や雰囲気でわかる。

注文したコーヒーが出されると、母親はそれを一口飲んで、ふうと息を吐いた。

「フリースクールには、行ってるのね」

小暮さんが聞いて、母親はうなずいた。

「ええ。学校よりは、いいみたいで」

「なら、いいじゃない。自分に合った形で勉強ができれば、いいんじゃないの？」

と小暮さんは言うが、母親は苦笑する。

「私も、無理して行くことはないと思ってるんです。でも、この歳で、行かないという道を選んじゃっていいのかどうか……」

さくらちゃんが聞いているからか、それ以上は言わなかった。もちろん学校に行ってほしいという気持ちは、言葉の後ろに隠れている。でも行けない子に、行きなさい、と言えば、よけいに追い込むことになってしまうから、こういった言い方になるのだろう。

ぼくは、チラッと先生を見た。彼も調理台に両手をついて、カウンターの向こうからさくらちゃんを見ていたが、ぼくと目が合った。なんか、嫌な予感。

「佐藤さんは」

その予感は当たって、先生はぼくにふってきた。

「学校は好きでしたか？　嫌いでしたか？」

それもすごい質問を、ぶつけてきた。

「えっ、学校、ですか？」

ぼくは困惑して、

「……遠い昔のことなんで」

と濁したが、先生は、

「そこまで、年寄りじゃないでしょう」

と、食い下がってくる。まだ来店二度目なのに、なんでこんな役回りをぼくにさせるんだ？　と解《げ》せないが、さくらちゃんの背中が目に入った。こちらの会話に耳を澄ませているのがわかる。彼女のさっきの質問、「新しいジョージは、きらい？」が、頭をよぎった。それでの、「好きでしたか？　嫌いでしたか？」の質問なのか、と気づいた。

「そうですね……」

なにを言うべきか、先生の意図を推測して、ぼくは考えていたが、こう返した。

「納豆、かな」

ぼくの返答に意表をつかれたらしい先生は、おもいっきり顔をしかめて外国人的なリアクションを見せた。

「納豆《なっと》ぉ？」

好きか嫌いかの質問に、その回答じゃしかたない。ぼくは笑って説明した。

「唐揚げほど好きじゃないし、ピーマンみたいに大嫌いでもない。毎日食卓に出て、食べなさいと言われるから毎日食べる。でも、食べないですむなら、わざわざ食べたくない」

ぼくの言葉に、先生の目は輝き、なにか言いたげなのが伝わってくる。

「うまいこと言うわね、あなた」

先生より先に返したのは、小暮さんだった。さくらちゃんのお母さんだけ、眉間《みけん》にちょっとしわが寄っている。

先生は、あごに手をやって考えていたが、ぼくに聞いた。

「じゃ、佐藤さんは、納豆は嫌いなの？」

「納豆？　学校じゃなくて？」

話がそれてないか？　と思いながらも、答えた。

「嫌いかと言われれば、食べたくなるときもあるし。好きだ、とも言えないし、難しいですね」

先生は満足そうにうなずき、本棚の前にいる小さなお客さんを見ながら言った。

「どっち、と決めるのは、難しいですね」

さくらちゃんは、絵本の表紙にじっと視線を落としている。

先生は、ぼくと話すのはそれきりにして、作業にもどって鍋などを洗い始めた。ぼくと小暮さんも、自分のテーブルに向き直った。

さくらちゃんの母親も、コーヒーを飲みほすと、娘のそばによって一緒に本を読み始めた。

「なにか借りてく？　どれを読みたいの？」

と、母親が聞いているが、さくらちゃんは、相変わらず無言だ。

「そろそろ帰らないと、お兄ちゃんが塾から帰ってくるから」

「さきに帰ってて、いいよ」

と、さくらちゃんが珍しく言葉を吐いて、母親はちょっと黙っていたが、小さい声で諭し始めた。

「あのね、ここのお店の人はやさしいから、大丈夫って言ってくれるけど。小学生はひとりで、カフェやお店に入っちゃいけないの、知ってるでしょ?」

さくらちゃんは、母親の顔を見た。

「ここにはお母さんと一緒に来て、ひとりのときは児童館とか、ボランティアの人がやってる『子供ひろば』に行こうよ」

次の瞬間、バンッ! と、さくらちゃんが、絵本を床に叩きつける音がした。そして、犬が逃げるときのように姿勢を低くして、さくらちゃんはすごい勢いで店から飛び出していった。

「さくら!」

驚いた母親は、追いかけて店を出ようとしたが、慌てて引き返してきて、伝票を掴んで会計をしようとしたので、小暮さんが行くように促した。

「私が立て替えておくから。早く、追っかけなさい」

　さくらちゃんの母親は、

「すみません！　あとで、また来ます」

　皆に頭を下げると、出て行った。娘を追って、母親も公園の中へと走っていくのを、残されたぼくたちは窓越しに見送った。子供って、動物みたいだなぁ、とぼくは思った。

「かわいそうに」

　小暮さんが、ため息をついて、

「最近、よく来るからね。お話しするようになったんだけど。もうずいぶんと学校に行ってないみたいでね」

　と、ぼくに話しながら、床に散らばったままの絵本などを、片付け始めた。

「小暮さん、ありがとうございます」

　先生もカウンターから出てきて、親子が残していった、ホットチョコレートや手をつけていないケーキを回収して厨房に下げた。彼はいたって淡々としている。そして、カウンターの中からぼくに声をかけた。

「サービスのコーヒーは、マグとカップ、どちらがいいですか？　カフェオレでもいいですよ」

そして、ニコッと笑うと、

「学校を『納豆』に喩《たと》えたのは、素晴らしかった」

と称賛するように、手を合わせた。

「ジョンのミドルネームを知ってるだけある」

「どうも。じゃ、コーヒーをカップで」

ぼくは遠慮なく頼んだ。先生はコーヒーをドリップし始めたが、湯を落としながら言った。

「なんとなく、佐藤さんは『どっちでもない』と言ってくれるような気がしたんですよ」

まんまと、先生の思惑どおりのことを言ったわけだ。

「今の時代は、好きか嫌いか、どっちかに決めなきゃいけないからねぇ」

と、小暮さんも悩ましげだ。

「さっきだって、ひとりで来ちゃダメとか、あんな風にはっきり決めなくていいのよ。『ご迷惑かけて、すみません』って謝りながら、来てりゃいいのよ。たいして困りゃしないんだから」

「それを言っていいのは、店主のぼくですけどね」

そうでした、と小暮さんは返して、二人はハハッと一緒に笑っている。

「でも、ほんとにそう思いますよ」

先生は同意するが、とはいえ今の時代、子供がひとりでいれば大騒ぎになるから、母親がああ言うのも、しかたがないと、ぼくは思った。

「そのくせ、学校に行かない、って決めるのは嫌なのよ」

小暮さんは笑うのをやめて、続けた。

「私は、今の彼女に合う形にすればいい、っていう意味で言ったんだけど」

それにも先生はうなずいた。

「それも、行かない子に決めてしまったら、引き返せないと思うからでしょう」

先生は、どうぞ、とぼくの前に淹れたてのコーヒーを置いた。

「好きか嫌いか、良いか悪いか、決めなきゃいけないのが現代ですが。間違うことは許されないし、曖昧《あいまい》な状況にも寛容でいられない。でも、子供はもっと自由じゃなきゃね」

先生は、窓の外を見ていたが、

「大丈夫。また来ますよ、あの子は」

自信のある口調だった。

そして、本棚の方へと行くと、さくらちゃんがしゃがんでいた場所に行き、大きな背中をまるめて児童書の背表紙をじっと見つめていた。

「……あれ？」

探しているものが見つからないのか、先生は、広範囲に視線を泳がせていたが、こちらをふりかえった。

「小暮さん、ピッピって、なかったっけ？」

問われて、小暮さんは目を細めた。

「ピッピって『長くつ下のピッピ』？　さぁ……あったかしら？」

彼女も本棚のところへ行って、二人で背表紙を見て話している。

「リンドグレーンよね。『やかまし村の子どもたち』はあるけど。ピッピは、見たことないわ」

「なかったか」

先生は、こちらにもどってくると、レジ横にあるノートパソコンを開いた。ネットに繋がると、彼は本の通販サイトで検索を始めた。キーボードの上で一瞬、指を止めて、

「ピッピの本、英語でなんだっけ？」

と、小暮さんに聞いた。

「そのまんま、『Pippi Longstocking』よ。あなたに聞かれたくないわね」

そうだったと彼は笑って英語を打ち込んだ。鮮やかな色合いの児童書の表紙が、ずらりと画面に現れて、

「どれにするかな……」

と先生は悩んでいたが、これがいい、と決めたようで、

「よし。すぐに届きます」

購入したようだった。

パソコンを閉じた先生に、ぼくは訊ねた。

「このブックカフェには、日本語の本は置かないんですか？」

彼は、こちらを見て真面目な顔で答えた。

「それが、ぼくのこだわりなんです」

ぼくは、店の壁を埋め尽くしている蔵書を見やった。彼はバイリンガルだと言っていた。なら、なぜ日本語の本も置かないのか、単純にそれが不思議だったから訊《き》いたのだが。どういう意味での、こだわりなのだろう。

英字の背表紙や、洋書独特の装丁が、外国の店にいるような雰囲気を作り出していて、それがこの店の「売り」だと言ってもいい。でも、店の雰囲気づくりのためだけに洋書に統一しているとは、どうも思えなかった。

先生はそれ以上は語らずカウンターの中に入ってしまったので、ぼくもそれ以上は問わないで、おごりのコーヒーを飲みながら、窓の向こうを見やった。中学生らしき男子が連なっ

て自転車で帰って行くのが見えて、

「えっ、もうそんな時間?」

歌奈がそろそろ帰ってくる時刻になっていた。またもや慌てて、開きもしなかったパソコンをデイパックにもどした。

ドゥリトル先生と小暮さんに、

「今日は、ありがとうございました」

「また来てね」

と、見送られて店を出た。

ぼくは家に向かって自転車を漕ぎながら、

「結局、仕事できなかったなぁ」

と、呟いたのだった。


その夜、昼の行動をさとられないよう、ぼくは極力ふだんの自分を装って、歌奈と向き合って夕飯を食べながらネットニュースのことなどを話していた。

「頭にくるよね。ありえない」

歌奈は、ある政治家が悪質な不正を働いたというニュースに怒りながら、蕪《かぶ》の漬物をつまんでいる。その顔を見ながら思った。

もし、普通の男だったら、妻が夫に秘密にして通うカフェがあり、そこの主人と楽しそうに話している姿を目撃したら、いい仲になっているのではないかと、少なくとも、妻が店主に好意を抱いているのではないかと疑うだろう。

「ホント、頭にくるよな」

ぼくは、歌奈に返した。

もし、普通の男だったら、もう我慢できずに、金曜にどこに行ってるんだ？　と問いただしているかもしれない。

けれど、作家という仕事をしているぼくは、普通じゃない。

本人から真実を聞くよりも、自分で謎を解き明かしたい、という気持ちがより強くなっている。作品を書くときのように、自ら取材、リサーチしたいのだ。今日一日だけでも、あの店主のことが、ずいぶんとわかった。リスクを伴っても積極的に店主とコミュニケーションをとったのは、間違いではなかったと思っている。

「政治家以前に、人として、どうかと思う」

と、怒りが冷めないでいる歌奈に合わせて、ぼくも、

「うん。おまけにあいつ、変態な感じがするよ」

政治家のことをディスった。変態……。普通じゃない自分のことを言っているような気もした。

「変態！　そうかも！」

歌奈は、その言葉に大笑いして、ぼくは苦笑いした。

「そのわりに、記者会見でおどおどしちゃって。目が泳いでるし」

歌奈はさらに政治家のことを非難した。

変態なだけではなく、臆病者。それも、ぼくだ。本当のところは、問いただす勇気がないだけかもしれない。こっそり探っているうちに、浮気や不倫などではないことが判明して、本人に問いたださなくてよかったと、ホッとして日常にもどれることを、なによりも願っているのだ。そんな臆病者でもある。

「そうだね……変態で、臆病者だ」

自《みず》ら勝《か》手に落ち込んだぼくは、ごちそうさまでした、と箸を置いて、食器を下げると自分の部屋に入った。

もちろん仕事をする気になどなれず、帰りがけに図書館で借りてきた、『長くつ下のピッピ』を出してきて、読み始めた。

誰もが知るスウェーデンの童話で、子供の頃にテレビで映画を観た記憶はあるが、本は未読だ。ドゥリトル先生が、この本を発注した理由は、なんだろう？　あの不登校らしいさくらちゃんと関係があることは確かだ。

「なにを？　ちょっとやる？」

あのカフェに、また行くことになりそうだ。

不思議なカフェの店主、ドゥリトル先生。既婚なのか独身なのかもわからないが、夫としては、妻の不倫相手かもしれないと不安感を抱き、作家としては、物語のモデルにもなりそうな魅力的な人物に興味を覚える。妻を追ってカフェの存在を知ったときから、二つの異なる感覚にぼくは苛《さいな》まれている。不安と興味。それらにぼくは煽られて、また行動的になるのだった。

「さいきん、よくいるね」

少女とは思えない低い声に、ぼくはびっくりしてパソコンから顔をあげた。この前と同じ席で仕事をしていたぼくに、知らぬ間に店に入ってきたさくらちゃんが、通りすがりに声をかけたのだ。

「あ……どうも」

まっすぐ本棚へと向かう彼女の背中に、戸惑いながらぼくは返した。さくらちゃんは、お気に入りのスペースにしゃがみこむと、絵本を何冊も引っぱり出して開いた。先生の予想どおり、また母親に黙って来たようだ。もちろん普通の子は、まだ学校にいる時間である。

「いらっしゃい。よく来たね」

さくらちゃんに気づいてドゥリトル先生は厨房から出てくると、声をかけた。

「きみにおすすめしたい本が、ちょうど届いたところだよ」

先生はカウンターの上にあった本を取って、さくらちゃんのところへ持って行った。表紙には『Pippi Longstocking』とあって、先週ネットで購入していた本に違いなかった。

さくらちゃんは無言でそれを受け取った。赤毛のおさげ髪が頭からピンと突き出した、そばかすだらけの女の子の絵の表紙を、彼女はじっと見つめている。

「これ、知ってる」

「『長くつ下のピッピ』だよ」

「うん、知ってる。でも、読んだことない」

さくらちゃんは、本を開いてページをめくりだした。勢いのある筆使いのイラストからも、主人公が「普通の子」ではないのが、よくわかる。

先生は、彼女のよこに腰を下ろすと、話し始めた。

「ピッピはね、船長の娘でね、ずっと海で暮らしていたんだけど、お父さんが嵐で行方不明になってしまって、船を降りて普通の町でひとりで暮らすことになったんだ。そこからお話は始まる」

「お母さんは?」

さくらちゃんは間を空けずに聞いた。

「お母さんも、小さいときに死んでしまって、いないんだ」

さくらちゃんは、明らかに嫌そうな顔をした。

「でも、これは悲しい話じゃない。そこが面白いんだよ」

先生は陽気な口調で言うが、さくらちゃんは信じ難いという表情だ。かまわず先生は続けた。

「逆に、この物語を読むと、お父さんもお母さんも、いらないや、って思えるんだ」

さくらちゃんの眉はかなりのハの字になっている。

その物語を予習済みのぼくは、先生の言っていることがよくわかるが、それが子供に伝わるだろうか、と心配になった。でも先生は、さくらちゃんが引きぎみなのを逆に楽しんでいるかのようだ。

「さくらちゃんは、ひとりでここに来ちゃダメって言われたろ?」

さくらちゃんは無言で小さくうなずいた。

「でもピッピは、ひとりでどこにでも行く。そもそも親がいないからね。お父さんが買っておいた家、ごたごた荘に、たったひとりで住んでいるんだよ」

「さびしくないの？」

さくらちゃんが聞いた。

「ちっともさびしくない。親に怒られないで、毎日好きなことができるからね。隣にトミーとアニカというお友だちも住んでるし」

さくらちゃんは、ピッピが隣の家に住む兄妹と遊んでいる挿画を見つめている。この兄妹は対照的に常識を知っている普通の子で、ピッピの自由奔放さに魅了されて、仲良くなるのだ。

「ふーん。さびしく、ないんだ」

さくらちゃんは判断を迷っているような顔だ。すると、ドゥリトル先生が声をちょっと大きくして言った。

「あとね、ピッピは、学校にも行ってない」

小さな女の子は、目を大きくして大きな先生を見上げた。

「面白そうだから一度は行ってみたけど、自分には向いてないってわかって、二度と行かなかった」

驚いているさくらちゃんは、真偽を確かめたいのか、ぼくの方を向いた。

「ホントだよ」

ぼくは教えた。物語では、近所の大人たちがピッピに学校に行くことを勧めるが、彼女は、そこに行ってみて（自由奔放であるから大騒ぎになるんだけれど）自分には必要ないと、判断する。ぼくも読んで、こんな話がありなんだと、さくらちゃんのように驚いた。

「海の上で育った子だからね。学校に行かなきゃいけない、って考えがそもそもないんだよ」

先生は挿画の赤毛の子、ピッピを指した。

「……いいなぁ」

さくらちゃんが小さな声で言った。低音ではない、かわいい声だった。先生はじっと小さなお客さんを見つめていたが、また口を開いた。

「でもね。なんでピッピが、お父さんもお母さんもいないのに、ひとりで暮らせるのか。学校にも行かないですむのか。それには理由があるんだよ」

さくらちゃんとぼくは、先生の方を見た。

「ピッピはね、すごい力持ちで、お金もたくさん持ってるんだ。だから、泥棒をやっつけることもできるし、生活にも困らない」

先生の説明どおり、ピッピは物語の中で、子供ながら馬を抱き上げられるぐらい怪力の持ち主で、船長だったお父さんが残した金貨をたくさん持っている、という設定になっている。

「つまり」

と先生はさくらちゃんの目を見た。

「子供だって、力とお金があれば、大人のように好きに暮らせるってことなんだよ」

「なるほど」

と声にしてしまったのは、ぼくだった。

「でも普通の子供は、それがないから、ひとりでここにも来ちゃいけないし、学校にも行かなきゃいけない」

先生の解釈に、真理を突いた話だと感心した。力と経済力がないから、子供は大人の庇護《ひご》のもとで暮らさなきゃいけない。将来その二つを身に着けるためにも、学校に行かなきゃならない。子供が持っていないものを、あえてピッピという主人公に持たせているからこそ、子供たちはピッピに憧れるのだ。

「力とお金」

と、さくらちゃんは呟いた。

「いいな。わたしもそれが欲しい！」

と、目を輝かせている。よくできた童話だと、納得している場合ではない。子供に「力とお金が欲しい」と言わせてしまって、ぼくは心配になってきた。小暮さんがいたら、突っ込んでくれるのだが。しかし先生はまったく悪びれず、

「そう。子供にないのは、力とお金なんだ」

ダメ押しでくり返した。そして腰をあげると、

「ホットチョコレートで、いいかな？」

と聞いた。さくらちゃんは挿画のピッピを見つめて、小さくうなずいた。先生は厨房に入っていきかけたが、

「でも」

ふりかえった。

「ピッピが持っているのは、それだけじゃない。ピッピは子供にしか持てないものも、持ってるんだよ」

さくらちゃんは、顔を上げた。

「子供にしか持てないもの？」

先生は微笑んでうなずいた。

「図書館に行けば、日本語訳のピッピがあるよ」

そう言い残して、厨房へと入っていった。

夕飯の片付けを手伝っているぼくは食器をキッチンクロスで拭きながら、よこで流し台を洗っている歌奈に、

「歌奈は――」

『長くつ下のピッピ』って読んだことある？　と、言いかけて、言葉を飲んだ。危ない、危ない。歌奈もあのカフェに通っているのだから、さくらちゃんのことを知っているかもしれないし、ドゥリトル先生にその本についてなにか聞いているかもしれない。

「なに？」

歌奈に聞き返されて、ぼくは慌てて違う質問を考えた。

「歌奈は、学――」

学校は好きだった？　いや、これも危ないな。

「なに、パクパクしてるの？」

ぼくを見て、歌奈が言った。

「いや……」

ぼくは口を閉じて、少し考えてから、また口を開いた。

「今、書いてる小説に子供が出てくるんだけど。キャラクターづくりに悩んでて」

歌奈は、じっとぼくの話を聞いている。

「歌奈は、どういう子供だった？　って聞きたかったんだ」

どうにか怪しまれない文脈で、質問ができた。

「私？　どういう子供だったか？」

彼女は濡れた手をタオルで拭きながら返した。

「そうね。自分じゃ、普通だったと思うけど」

視線を遠くにやって、記憶をたどっている。

「……まわりは、どう思ってたのかな」

「まわりって？」

ほら、と歌奈は言った。

「私、子供の頃から、本ばっかり読んでたから。逆に親はそれを心配して。年上の従姉《いとこ》が引きこもりだったこともあって」

その頃のことを思い出しているようだった。

「外で遊べってやたら言われて、それがうざかったな。人と遊ぶのが嫌いなわけじゃなくて、ホントに本とかマンガとか図鑑を読んでるのが好きだっただけなんだけど……」

少女の歌奈が、さくらちゃんのように絵本や図鑑を広げて真剣に読んでいる姿をぼくは想像した。

「引きこもりの従姉も、同じことを思ってたかもしれないけどね」

彼女は笑って、そうかもね、とぼくも笑った。

「そっか。歌奈は、そういう子供だったんだ」

「本は好きだったな。作家と結婚してからは、手放しで好きとは言えなくなったけど」

「すみません」

と、ぼくは謝った。言いたいことはわかる。

「ぼくだって、子供の頃は本屋さんが大好きだった。今は、行くのがつらい場所になっちゃった」

落ち込むように言う夫に、歌奈は慌てて話を変えた。

「ま、でも、本好きじゃなかったら、私たち会ってなかったし」

ぼくらは共通の友人を介して出会ったのだが、作家のぼくに会ってみたい、と歌奈が言ったのが始まりだった。知名度が低いぼくのことを彼女が知っていて驚いたが、ぼくのペンネームが中性的なので女性作家だと思っていたらしい。男と知って驚いていたが、それがきっかけでつきあいが始まったのだった。

今では、ぼくより出版業界に詳しくなっちゃったと自ら言うが、その歌奈が、

「仕事、かなり行き詰まってる？」

と、いきなり聞いてきた。

「えっ」

と驚いて、ぼくは固まった。歌奈は真剣な表情でぼくに言った。

「大丈夫？　けっこうなスランプじゃない、もしかして？」

ぼくが言葉を返せないでいると、

「だって、家でぜんぜん仕事してないでしょ」

歌奈はコーヒーメーカーを指した。

「この数週間、日中にコーヒーを淹れてる様子がないもの。いつもならコーヒー豆の出がらしがゴミ箱に溢れてるのに」

そして、完全にフリーズしているぼくを、真っ直ぐに見た。

「書けなくて、どこを、ほっつきまわってるの？」

顔から血が引くのを感じながら、なんと返すのがベストか、倍速で思考していた。

「どこって……」

ぼくは、コーヒーメーカーを見つめて、

「確かに……きみが言うように、この数週間、執筆は進んでない」

まずは、それを認めた。けれどすぐに視線を歌奈にもどし、努めて冷静な口調で返した。

「でも、スランプじゃない。なぜなら……仕事が進まない理由は、はっきりしてるから」

ぼくは、歌奈を見つめた。

「その問題が解決すれば……また書けるようになる、と思う。そのために」

歌奈はじっと、ぼくの言葉を聞いている。

「図書館に、通っているんだ」

ぼくは彼女に微笑んだ。

「書き始めてから、時代背景のリサーチが甘かったことに気づいて。その時代の資料を、今さら読みあさってるんだよ、図書館で」

歌奈は、微笑まなかったが、

「そうなんだ」

とは言った。どこか納得していない表情ではあったが、ぼくは続けた。

「図書館まで歩いたり、自転車に乗るのも気分転換になるし。コーヒーはコンビニで買って、休憩室に持ち込んで飲んでる。中央図書館、なかなか使い勝手がいいよ」

「なら、いいけど」

と、歌奈は少し安堵した表情になった。そして笑って言った。

「ま、でも。書けない書けないって言って、なんだかんだ書き上げてるもんね、いつも。心配する必要ないか」

ぼくは、黙った。

それがね、誰かさんのせいで今回は、本当に書けないんだよ！

声に出して言いそうになるのを、どうにか抑えたぼくだった。

「コーヒーをマグで、お願いします」

「今日はスコーン食べないの？　コーヒーだけ？」

小暮さんに聞かれて、ぼくは不機嫌に返した。

「ちょっと、食欲がなくて」

ドゥリトル先生がそれを聞いて、

「大丈夫ですか？」

と、カウンターの向こうからぼくを見た。

誰のせいで、こうなってると思う？

また心の中で呟きながら、ぼくは先生を無言で見返した。先生はきょとんとしているが、小暮さんは、もう一人の客に向かって言った。

「さくらちゃんも、今日は元気がないわね。本は読まないの？」

カウンターの席でホットチョコレートに浮かぶマシュマロをつついている女の子も、いつもと違ってどこか気が抜けたような顔をしている。

「『長くつ下のピッピ』読んでみた？　日本語の本で」

小暮さんが問うと、さくらちゃんは、大きくうなずいた。

「うん。おもしろかった。すっごく」

先生は、さくらちゃんに微笑んだ。

「なら、よかった」

さくらちゃんは先生を見て、

「ピッピは、けっこうヤバい子だと思う」

感想を素直に述べた。

「でも、うらやましいと思った。だってピッピは、自分には学校は必要ない！　って、自信まんまんで思ってるから」

さくらちゃんはちょっと黙ってから、声のトーンを下げて言った。

「わたしは……そこまで、はっきり必要ないって……言えない」

先生は、黙ってうなずいた。

「でもね、一番、ピッピがすごいって思ったところは、そこじゃないの」

さくらちゃんの目がきらりと光った。

「ふーん。どこ？」

と先生は興味深げに聞いた。

「コーヒー・パーティーのところ。お隣の家で、お茶会みたいのがあるんだけど、そのお茶会をピッピはメチャクチャにしちゃうの。おとなしくできないし、お行儀も悪いから」

ぼくも、そのくだりを思い出した。隣に住む兄妹、トミーとアニカの家で大人たちが集うコーヒー・パーティーが開かれる。子供たちも部屋のすみっこでおとなしくしていればお菓子など、おこぼれにあずかれることになる。でもピッピは、自分は大人だと思っているから、他の大人のように招待客として乗り込んでいく。けれど行儀もマナーも知らないし、我流でそれをやって全てをメチャクチャにして大騒ぎになるという、軽くスラプスティックな話だ。

「でも、ピッピは最後に謝るの。『やっぱり、こうなるのよ。お行儀よくなんてできっこないの。やってみるけどできないの』って言うの。学校が必要ない、って言えるのもすごいけど、『できない』って言えるのも、すごいと思う」

さくらちゃんは、また少し黙ったが、

「だから、わたしも真似して、言ってみた」

すうっと息を吸った。

「みんなと同じようになんてできないの！　やってみるけどできないの！　だから学校に行けないの！　って」

大きな声でそう言うと、さくらちゃんは小さな肩を落として脱力した。

「そしたら、なんか、すっきりした」

ぼくと先生、小暮さんは、黙って彼女を見つめた。皆で、さくらちゃんの次の言葉を待ってあげていると、彼女は口を開いた。

「『できない』って言った方が、すっきりするんだって、わかった。その方が、自分のことが好きになる……ヘンだけど」

先生は、カウンターの向こうから出てきて、彼女の隣に座った。

「それだよ。よく見つけたね」

さくらちゃんは、意味がわからず目をぱちくりしている。

「それが、大人が持っていないものだよ」

先生は、カウンターの上のピッピの本を指した。

「ピッピのように、本当の気持ちを隠さないで言えるって、すごいことなんだよ。子供にしかできないことで、力やお金より、大切なことだよ」

先生の言葉に、ぼくは胸に痛みが走るような感覚をおぼえた。

「ふーん」

と、さくらちゃんは考えている。

「じゃ、本当の気持ち、もう一つ言っていい？」

どうぞ、と先生はそれを促した。

「このお店に、ひとりで来ちゃいけないって、わかってる。でも来たいです。どうやったらひとりで来ても大丈夫になりますか？」

「そっか……」

と先生はちょっと考えていたが、ぼくの方に視線をやった。嫌な予感。

「佐藤さん、どうしたらいいと思いますか？」

やっぱり。さくらちゃんも先生と一緒に、助けを求めるようにこちらを見ている。しかたないので、ぼくは考えた。

「まず、ここに来たら、お店にいることをお母さんに電話して、帰るときも電話する。それは必須かな」

そう言って、また少し考えてから、さらに提案した。

「小学生がひとりで来てお客になるのは、ルール的にダメだけど。それとは違う形で、ここにいることにすればいいんじゃないかな？」

ぼくの言葉に先生は目を大きくした。

「それだ。でも、違う形って、どういう形？」

先生に問われて、ぼくは答えた。

「お客じゃなくて、たとえば……なにか、お手伝いをするという形はどうですか？　本の整理とか」

先生は嬉しげにカウンターをポンと叩いた。

「それは、ナイスアイデア！　お客じゃなくて、ここのスタッフになればいい！」

さくらちゃんも目を大きくしている。すると、

「でも、小学生が働いたら、それもルール違反よ」

小暮さんが突っ込んできた。彼女の言うとおりだが、

「べつに、お金をもらわなきゃ、いいんじゃないですか？」

ぼくは言った。自分の話で大人たちがやりとりしているのを、さくらちゃんは視線をあちこちにやって追っかけている。

「でも、タダ働きは、かわいそうだ」

と、先生はあごに手をやって考えていたが、

「そうだ。こうしよう」

と、さくらちゃんの飲みかけのホットチョコレートを指した。

「この店でお手伝いをしてくれたら、さくらちゃんにバイト代のかわりに、このホットチョコレートを作ってあげよう」

「お手伝いって？」

さくらちゃんは聞いた。先生は店を見やって考えている。

「そうだな……子供の本の棚はタイトルで、大人の本は著者名でＡＢＣ順に並べてあるから、正しく並んでいるかチェックして、直してもらおう。それから貸出しノートを見て、期日までに本を返していない人をチェックしてもらって。あと、余裕があれば、お庭のお花に水をあげてもらおうかな」

そう提案して、先生は少女の目を見た。

「どうかな？　ホットチョコレート一杯で、働かせすぎかな？」

すると、さくらちゃんより先に小暮さんが返した。

「いいんじゃない？　先生も助かるし、ホットチョコレートも飲めるもの」

さくらちゃんは、おでこがおへそにつくぐらいに、大きくうなずいて同意した。

「お金がなくても、力がなくても、やりようはあるね」

ぼくが言うと、

「本当の気持ち、言ってよかった」

さくらちゃんの声はいつになく軽やかだった。

ぼくがパソコンをデイパックにしまっていると、

「これ、よかったら。あまりものですが」

先生が茶色の紙袋をぼくに差し出した。中を見なくても、スコーンだとわかった。

「あ……」

「よかったら、お子さんに。トースターで三分ほど温めてください」

悩んだが、ぼくはそれを受け取った。

「ありがとうございます」

「佐藤さんに、また助けてもらいましたね」

先生が言って、ぼくは首をよこにふった。

「あの発想は、物語のドリトル先生から、思いついたものですから。ドリトル先生も、子供のトミーを助手にしたでしょ？」

先生は、なるほどという表情で腕を組んだ。

「そうでした。そして彼も、学校に行くばかりが能じゃないと言ってる」

先生も、ぼくが感動したセリフを知っているようだ。

今は新聞を読んでいるおじいちゃんだけがいる店内を、ぼくは見やった。さくらちゃんは、英語版の『Pippi Longstocking』を、さっそくPのところに収めて、帰っていった。

「さくらちゃんは、なかなかの子ですね。ピッピをあそこまで読みこんでくるとは」

先生は、ため息をついた。

「だから、学校に合わせるのが難しいんだろうね」

ふふっ、とぼくたちは笑った。

「身に覚えがある？」

先生とぼくはうなずきあった。

ちなみに、もらったスコーンは、家で食べられるわけがないので、帰りに図書館の休憩室に寄って、そこで食べた。

ピッピとさくらちゃんが持っているものを、ぼくはいつから失ったのだろう？　と思いながら。冷めていてもスコーンは美味かった。

第三話

見つめなおすとき

―『ちいさいおうち』―

「あなたに、話したいことがあるの」

歌奈に言われて、向き合って夕飯を食べていたぼくは、箸を止めた。

「……なに?」

いよいよ、そのときが来た、と思った。

ぼくより先に食事を終えていた歌奈は、湯呑みを手に、ぼくをじっと見つめた。

「お父さんが……」

義父のことだ。歌奈が金曜に事務所に行っていないことを、ぼくが知っていると、彼からばらされてしまったか? ドキン、ドキン、と心臓が打つ。歌奈は、言いにくそうに口を開いた。

「お父さんが、事務所を閉めるかもしれない」

ぼくは、ホッとして、箸を落としそうになった。

「そんなに驚かないでよ」

と歌奈は勘違いしているが、ぼくは慌てて、真剣な表情を作った。

「なんで？　仕事がないの？」

歌奈は首をよこにふった。

「お父さん、ついに木村《きむら》さんとケンカしちゃったの、先週。彼女、辞めますって言って出て行って、それきり来ないの」

木村さんというのは、ぼくらよりはちょっと年齢が上の、義父の事務所で雇われている片腕と言ってもいい存在の税理士だ。

「なんでまた」

「お父さんが、いけないの。あの世代の人だから、女ってことで、どこかで彼女のことを下に見てるの。私も再三注意はしたんだけど。積もり積もった不満が、彼女の中で爆発したんじゃないかな」

自業自得よっ、と歌奈は完全に木村さんの味方だ。しかし、彼女がいなくなってしまったら義父ひとりではまわらないし、彼女に顧客も持っていかれるだろうと、義父はすっかり落ち込んでいるそうだ。

「もういい歳だから、これを機に辞めるか、って言うのよ。そうすると、私も働く場所がなくなるから」

「誰か、新たに雇えばいいじゃない？」

歌奈は、ため息をついた。

「そうなのよ。だから今度は男の人を雇えば、って言ったの。そしたら『男は面倒くさいから嫌だ』ってぬかすの、あのじじい」

あのじじい……。

「私も頭にきて、『こんなしけた事務所、とっとと閉めれば！』って怒って帰ってきた」

それで今日は、帰りが早かったのか、とぼくは、口をとがらせている歌奈を見た。

「ということで、ゴメンね。しばらく無職になるかも」

「いや、それはいいけど……。ってことは、歌奈も、もう行かないの？　事務所に？」

ぼくは聞いた。事務所に行かないということは、彼女は他の曜日もカフェに行けることになる。そうなると、ぼくがカフェに行くことが、どちらにしろ難しくなる。もちろん、歌奈の秘密を探るためにそこに行っているのだが、最近はそこでの執筆作業が、ぼくの日常の一部になりつつある。ヘンな話だけれど。

歌奈は悩ましげに答えた。

「行きたくないけど、あのじじいの顔を見たくないから。でも今、急に木村さんと私がいなくなったら困ってしまうのはお客様だし、それは申し訳ないから。木村さんも出て行くときに、私にはこっそり、『なにか困ったら電話してね』って言ってくれたの」

歌奈は、ため息をついた。

「だから、むしろ行かないとね。事務所をたたむにしても、それまでは。逆にちょっと忙しくなるかも」

ぼくの方はまだしばらくカフェに行けそうだが、歌奈が忙しくて金曜日にカフェに行けなくなったら可哀想だな、となぜか思ってしまった。

「あんまり、きみが無理する必要はないと思うよ」

ぼくは彼女に言った。

「なにか、ぼくにできることがあったら言って。数字には弱いけど」

義父に対する怒りで寄せていた眉間のしわを解いて、歌奈はぼくに微笑んだ。

「知ってる。でも、ありがとう」

歌奈は義父に悪態をつきながらも、翌日は普段どおりに出かけて行った。それを見送ってからカフェに来たぼくは、いつもの席に座って、ノートパソコンのキーボードを叩いていた。嘘ではなく、ここで仕事をするとはかどることがわかってきた。歌奈が突然現れるかもしれないという緊張感が常にあって眠くならないし、他人を装って密偵しているから、アドレナリンも出ているのかもしれない。

今日は、小暮さんもさくらちゃんもいないが、ママ友グループらしき団体が先ほど入ってきて、ほぼ席は埋まってしまった。ドゥリトル先生も、コーヒーやスコーンの用意に忙しい。

すると、また店の扉が開いた。入ってきたのは常連の、いつもカウンターで新聞を読んでいる、小暮さんよりはちょっと若い、七十歳前後の男性だ。彼は、店を見やって、いつも自分が座っているカウンター席まで先客に占領されているのを見ると、

「なんだ、今日はやけに混んでるな」

と小さく呟いた。気づいた先生がカウンターの向こうから申し訳なさそうに、

「すみません、吉野《よしの》さん」

と声をかけたので、ぼくは二人に向かって、

「あの、もしよかったら。このテーブルに……」

と相席を申し出た。吉野さんというらしい彼は、ちょっと驚いたような表情をしたが、すぐ笑顔に変わった。

「いいの？　すみませんね」

と彼はやってきて、向かい側の席に腰を下ろした。そして、いつものように新聞を開いて読み始めた。ぼくもまたパソコン画面に目をもどした。

「お待たせしました。佐藤さん、ありがとう」

先生は吉野さんにコーヒーを持ってくると、ぼくに礼を言って、笑顔でもどっていった。

「たまには繁盛しないとね」

それを見送って、吉野さんがぼくに言った。

「安くて人がいないから、ここに来るんだけどさ」

彼はマグのコーヒーを一口飲んだ。

「佐藤さんも、ここが気にいったみたいだね」

「あ、はい。ぼくも同じ理由で」

と、合わせて言っておくことにした。彼は、ぼくのパソコンを指して聞いた。

「リモートワークってやつ？」

ええ、と返すと、吉野さんは、ため息をついた。

「おれも最近まで仕事してたんだけど。もう、そういうのについてけない、って思って辞めたよ」

「そうなんですか？」

「だってさぁ。会社にちょっと早く行きゃ、若い連中に『老害』だと言われ。場を和《なご》ませようと思って冗談を言えば、すぐ下の連中に、時代が違うからとたしなめられ……。もう疲れたよ」

明るい顔で彼が言うので、ぼくは笑ってしまった。

「もう七十過ぎだしね。人生を捧げて、この歳まで面倒見てきたけど、長居しすぎたかな」

「ということは、経営のトップにいらしたんですか?」

ふっ、と吉野さんは笑った。

「そんな偉そうなもんじゃないさ。いい時代もあったけどね。メーカーだから、今は大変よ」

コーヒーを飲む彼の顔を見て、歳も似たようなものだから義父が重なった。

「そちらは、どういう仕事なの?」

「あ、まあ。営業……職です」

彼は、あっそう? とちょっと不思議そうな表情になった。ぼくは慌てて話を変えた。

「じゃ、今は引退されて、悠々自適ですか?」

「暇なのに慣れてないからね。学校で教えないかって、誘われててね。たいした学校じゃないんだけど、これからは若い人に経営のハウツーとか教えられたらと思ってる」

「それは、いいですね」

吉野さんは嬉しそうな表情を隠せず、うなずいた。そして、ぼくの手が止まっているのに気づいて、仕事の邪魔をしちゃったね、すみません、と新聞をまた読み始めた。

ぼくもパソコン画面に視線をもどし、営業職はちょっと嘘くさかったな、と今後のためにもっと設定を詳細に作っておかなきゃと反省した。

「相席、ありがとうございました」

団体客が引き上げていって、片付けが一段落すると、先生は、ぼくにまた礼を言った。吉野さんも先ほど、「ありがと。お先に」と帰ってしまった。テーブルにひとり残って仕事に集中していたぼくは、顔を上げて先生に返した。

「ぼくこそ長居するので、そのぐらいは。吉野さんともお話しできたし」

団体客と入れ替わりでやってきた小暮さんは、ぼくらの会話を隣のテーブルで聞いていたが、紅茶のカップを置いて言った。

「あの人と、しゃべったの？」

「ええ。相席をすすめたら。向こうから話しかけてきて」

へぇー、と彼女は驚いている。

「私になんか、一度だって挨拶もしたことないわよ」

「相席になったから、しかたなくでしょう」

すると先生が首をよこにふった。

「いや、佐藤さんには、そういう能力があるんですよ」

嬉しそうにぼくを見て言う。

「話しかけても大丈夫、という雰囲気がある」

「そうだったわ！　私も『スコーン、おいしいわよ』って話しかけちゃったもの」

小暮さんも、その見解に同意している。そんなこと今まで言われたことがなかったので戸惑った。自分としては、これでもバリアを張って関わらないようにしているつもりなのだが……どうも機能していないようだ。

「でも。吉野さんは、気をつけた方がいいわよ」

小暮さんが、ちょっと心配そうに言った。

「問題児みたいだから。問題じじい、か」

問題じじい？　ぼくは先生の方を見た。彼はカウンターの上を拭きながら、肩をすくめる。

小暮さんは声を少しひそめた。

「ときどき、このお店を借り切って句会をやる、俳句サークルがあってね。私のお友だちも、メンバーなんだけど」

先生は、レジよこにあるチラシ置き場から、俳句サークルの案内を持ってきて、ぼくに差し出した。小暮さんは、さらに声のトーンを下げた。

「彼も、前はメンバーだったんだけど。吟行《ぎんこう》に行けば、若い人を使いっ走りにしたり、打ち上げの店を勝手に高級店に決めちゃったり。人の家庭の事情にも口出ししてきて、ついに追い出されたらしいわ。友だちの話だと」

チラシを見ながら、彼の言葉を思い出し、想像はついた。会社でならまだ許されるが、このような公平に楽しむサークルで、そんなことをしたら総スカンをくうだろう。

「でも本人は追い出されても、どこ吹く風で。私の友だちの方が、彼がいるからって、このカフェに寄り付かなくなっちゃって。いい迷惑よね」

と同意を求められて、先生は他人《ひと》ごとのように微笑む。

「ぼくは、お客さんを選べませんから。彼が来るのは、自由ですしね」

小暮さんはちょっと不満げだ。

「あの人は安いってだけで来てるの、ここに。だったら駅前の『ドゴール』に行ってほしい」

わからなくはないが、ぼくは先生が言うとおりだと思った。

「でも、どんなお客も拒めないということは、言い方を変えれば誰にでも扉が開かれているということで。さくらちゃんみたいなお客さんにも開かれている店ですし」

と言うと、先生はうなずいた。

「いいこと言うね」

「まあね。このお店のいいところがそこなのは、認めるわ」

小暮さんも、それには賛同したようだった。

「でも吉野さん、学校で教える仕事を始めると言ってましたから、あまり来なくなるかもしれませんよ」

と、ぼくが教えると、先生と小暮さんは、へー、と同時に言って、

「大丈夫かしら……」

小暮さんは、また心配そうな顔をした。


その夜、歌奈はだいぶ遅い時間に事務所から帰ってきた。連絡は入っていたので、夕飯の準備は全てぼくがして彼女の帰りを待っていたが、歌奈は荷物をおろすと、食卓の椅子に崩れるように座った。

「あー、疲れた、お腹空いた」

ぼくは飯茶碗にご飯をよそって、彼女の前に置き、どうだった？　と様子を聞いた。

「大変よ。木村さんがいないと、お客さんの対応が。これが毎日続くのかなぁ」

と、歌奈は箸を取った。

「私に、税理士の資格取れとか、急に言いだすし。あのじじい、自分のことしか考えてない。木村さん、よく今まで黙って耐えてたと思うよ」

ぼくは苦笑して、自分の席に座った。

「そっちのじいさんも、大変そうだね」

「そっちって、あなたも老人に悩まされてるの？」

「あ、いや、うん、ちょっと、仕事関係で」

失言して、ぼくは慌ててごまかした。歌奈はそれ以上追及せずに、ご飯と刺身を食べながら、

「明日も、手伝いに行かなきゃいけないのかな……」

ぼろっと呟いた。明日は金曜日。事務所には行かないで、カフェに行く日だ。ぼくが黙っていると、今度は彼女が自分の失言に気づき、慌てて取り繕った。

「行くけど、行きたくないなってこと。このマグロおいしいね、高かったでしょ？」

そして話を変えた。焦っている歌奈を見て、ぼくみたいだなと思った。同情したぼくは、話題を変えるのを手伝って聞いた。

「積もり積もったものが爆発と言っても、木村さんとお義父さんのケンカは、なにが発端だったの？」

歌奈はちょっと黙っていたが、答えた。

「それが、私なの」

「歌奈が？」

「私に、雑用ではなくて、もっとちゃんとした仕事も任せた方がいいって、彼女がお父さんに進言してくれたの。そしたらお父さんが、歌奈はなにも仕事のことわかってないから無理だよ、って言って。それで木村さんに火がついて、『私のことも、同じように思ってるんでしょう？』って嫌味で返して。それでケンカに」

知らされた事実にぼくは驚いた。

「そうだったんだ」

歌奈は、複雑な表情でため息をついた。

「木村さん、なんでか私のことをすごく買いかぶってて。彼女曰《いわ》く、『歌奈さんは、もっとなにかできる人間だ』って言うの」

自分で言うのは恥ずかしいけど、と歌奈は笑った。

「秘めたるものがある、って。開花させないのはもったいないって。ほら、占いとかもやる人だから」

ぼくは歌奈の顔を見つめて、その話を聞いていた。

「親のせいで自己肯定感が低くなっているだけで、本来の自分を発揮できてないって」

なんとも言葉にできないものをぼくは感じていた。この前、部屋が広く感じたときと、それはちょっと似ていた。

「自分では、絶対ないと思うけど。前の仕事だって、疲れちゃって辞めたし。今の雑用の仕事ぐらいがちょうどいい。税理士の資格なんか取れないし、これが私の限界」

歌奈がそう言った瞬間、その違和感は消えた。いつもの部屋と、いつもの歌奈に、もどっていた。

「木村さん、私に仕事を引き継いでほしくて、はっぱかけてそう言ってたんじゃないかな。前から辞めたかったんだと思う」

話は終わり、食べよ、と彼女は、食事を口に運ぶことに集中し始めた。ぼくはなにも返せず黙っていたが、

「とにかく、無理しない方がいいよ」

と言うのが、せいいっぱいだった。彼女はうなずいて、ぼくも、彼女がおいしいと言うマグロに箸をのばした。

金曜日、歌奈は事務所に行ったようだった。帰ってきたのも遅く、大変不機嫌だったから、

それがわかった。

　金曜のことをぼくに秘密にしていることには変わらずもやもやしつつも、彼女の楽しみが奪われたことに、少なからず同情していた。そこに彼女が行けなくなってよかった、と思えない自分がいる。なんでかは、あまり自分の中で言語化したくないが……あのカフェが悪いところではないとぼくが身をもって知ってしまったことは大きい。ドゥリトル先生の人柄も全てを知ったわけではないが、歌奈となにか関係があるとしても、夫のいる人に手を出すような人間には思えない。それはぼくの単純な願望かもしれないが。

　週末は歌奈と一緒に買物に行ったりして、彼女をねぎらい、また週明け、憂鬱《ゆううつ》そうに出かけていく歌奈を見送ると、ぼくはカフェに向かった。歌奈が金曜日にカフェに行かなかったことが、なにか店に影響を与えていないか。店にというか、ドゥリトル先生に。矛盾するようだが、それを確認したい自分もいた。

　店の扉を開けると、そこはいつもとなにも変わりはなかった。

「いらっしゃい」

　先生はカウンターの向こうから笑顔でぼくを迎えて、

「こんにちは、佐藤さん。空いてるわよ」

と小暮さんも、ぼくの指定席を指した。どうも、と言って座ろうとしたぼくは、一つだけ、いつもと違うものが視界に入って動きを止めた。

それは吉野さんだった。彼も指定席、カウンターの一番端の席に座っているが、いつものように足を組んで新聞を読んではいない。カウンターに両肘をつき、その手を頭にやって俯《うつむ》いている。大事な場面で大失敗をしてしまった野球選手が、ベンチで頭を抱えているようなポーズだ。絵に描いたような落ち込んでいる姿に、

「プッ」

とぼくは思わず吹き出しそうになって、慌てて口をおさえた。ぼくが座ると、先生がオーダーを取りに来た。コーヒーをマグで頼み、チラッと、吉野さんの方を見て小声で聞いた。

「どうしたんですか?」

先生は、わからない、という感じで首をかしげた。

「ずっとあんな感じなんです。大丈夫かなとぼくらも心配してたとこで」

小暮さんも身を乗り出して加わった。

「あんな吉野さん、見るの初めてよ」

「なんか、あったのかな」

「佐藤さん、ちょっと声かけて、聞いてみなさいよ」

小暮さんが言って、ぼくはギョッとした。

「なんでぼくが？」

するると、先生までもがうなずいた。

「ぼくも、佐藤さんが適役だと思います」

ぼくは小声で抵抗し続けた。

「問題じじいなら、べつに放っておけばいいじゃないですか」

「あの落ち込みようは、さすがに心配よ、嫌なじじいでも。ほら、自暴自棄になって暴れられても困るし」

と小暮さんは言う。なんだかんだ、みんなやさしいんだよな、とぼくは吉野さんを改めて見た。俯いている彼は、口をつけてない冷めきったコーヒーに視線を落としている。

「スコーン、サービスしますから」

とまで先生に言われ、わかりましたよ、とぼくは立ち上がった。そして、吉野さんのよこに行って座った。彼は、チラッとだけ視線をぼくに投げた。

「吉野さん？　体調悪いですか？　みなさん心配してますよ」

まずは無難に声をかけた。

「ああ。すみません。大丈夫です」

と言った彼の声は、先日とは別人のように小さかった。ぼくはうなずいた。

「なら、よかったです。コーヒー、すっかり冷めちゃってますね。温かいの頼みなおしませんか？　おごりますよ」

ぼくが言うと、彼は頭から両手を放して、関節が浮き出ている老人であることを隠せない手をひざに置いた。

「ありがとう」

その声はまだ小さかった。

先生と小暮さんが、興味津々でこちらを見ているのを肩越しに感じるが、なにがあったんですか？　と今の彼に聞く気には、どうもなれなかった。

「気分が悪いんじゃなかったら、よかったです」

と、もう一度言って、自分の席にもどろうと腰をあげかけた。すると、

「この前、話したじゃない」

吉野さんが少しだけ顔をあげて、言った。

「この前？」

引き留められたぼくは、また腰をおろして聞き返した。

「学校で、教える仕事をするって」

ああ、と思い出して、うなずいた。

「そのお仕事が？」

「雇われる前に、クビになったよ」

彼は淡々とした口調で告げた。

「えっ、どういうことですか？」

「知人がおれを推薦してくれたんだけどね。おれがパワハラ野郎だって、誰かが、その知人に吹き込んだらしくてね。警戒されてその話はなくなった」

「そう……でしたか、それは」

その先は、なんと言っていいかわからず黙った。

「でも、それで落ち込んでるわけじゃないんだ」

ちょっと喉《のど》が詰まったような声だった。遠いところを見るように、カウンターの向こうに視線を投げている。

「おれが、やってきたことは、人生捧げてやってきたことは、なんだったんだろうと。空しくなっちまってね」

彼の横顔を、ぼくは見つめた。

「……お気持ちは、なんとなく、わかります」

吉野さんは、ぼくを見ずに、ふっと笑った。

「時代が変わったのは、わかるよ。でもさ、最後の最後に、こんな仕打ちをされるとは思わなかったよ。俳句の会も、自ら辞めたよ。おれがいない方がいいと思って。専門学校の講師も、おれに務まるかな？　って最初は思ったんだけど、向こうが大丈夫だって言うから」

彼は冷えているコーヒーにまた視線を落とした。

「言いたいことはわかるけどさ。じゃ、自分がやってきたことはなんだったんだろう。おれは、ただ時代に合わせて必死でがんばってきただけだよ」

そして、ぼくの方を見た。

「きみだってそうだろ？　同じだと思うよ」

ぼくは黙って、彼の顔を見た。

「あ、悪かった……つい」

と吉野さんは、ぼくに小さく頭を下げた。

「謝らなくていいですよ」

と言ったのは、ぼくではなくドゥリトル先生だった。先生は冷めたコーヒーを吉野さんの前からすっと下げた。

「今、温かいのを淹れます。佐藤さんのおごりで」

そしてカウンターの中に入っていった。吉野さんは、じっと先生の背中を見つめていた。

が、ぼくの方を向いた。

「相席に、コーヒーと、きみには迷惑かけるね」

「いえ。ぼくも、同じ歳になったら、吉野さんと同じことを思うかもしれないです」

ぼくは返した。本当にそう思ったからだ。他人ごとではない。ぼくだって十代や二十代の感覚や常識はわからなくなってきている。アップデートに努めてはいても、若い世代にぼくの書いたものが、果たして共感を得られているのか、常々心配になる。

「自分がやってきたことってなんだろう、と思う日が」

来るのかなと、一緒にどんよりとしてしまった。小暮さんがこっちを見て、顔をしかめている。ミイラとりがミイラになってる、と思っているのだろう。

先生が、淹れたてのコーヒーで満たされたマグカップを二つ、トレーにのせてもどってきた。

「これは佐藤さんのおごり。これは、ぼくのおごり」

と先生はぼくの前にもコーヒーを置いた。が、そこに立ったまま、なにか考えていた。

「あなたは、悪くはない」

先生は吉野さんに言った。彼は、先生を見上げた。

「と思います。でも、自分がやってきたことを見つめなおしたことが、本当にありますか?」

その問いに、吉野さんは沈黙した。やや緊迫したムードにぼくは心配になったが、先生は動じず、

「誰にとっても、なかなかそれは難しいことですが」

と言って、本棚の方へ、さくらちゃんが管理してくれて整っている児童書のコーナーへと行った。そして、空色の絵本を棚から取り出して、もどってきた。

「この本は子供の本ですが、時の移り変わりをとてもうまく描いていて、客観的に時代を見つめなおすことができます」

先生が差し出す絵本は、ぼくにとっては懐かしい、親しみがある一冊だった。

英語のタイトルは『The Little House』。日本語では『ちいさいおうち』の題名で、長く親しまれているベストセラーの絵本だ。

「ああ、これ」

吉野さんは、差し出されたそれを意外にも素直に受け取った。

「見たことあるよ。昔、子供が、持ってたよ」

先生は微笑んだ。

「英語ですが。ご興味あれば」

吉野さんは、それをパラパラとめくっていたが、

「……きれいな絵だね。初めて中を見たよ」

と言った。先生の言葉に興味を惹《ひ》かれたのかもしれない。

「これでも、仕事でアメリカにしばらくいたこともあるんだよ」

と目を細めて英文を読んでいる。先生はうなずいた。

「まさに、そのアメリカの作家です」

吉野さんは、胸のポケットから老眼鏡を出してかけると、コーヒーを一口飲んで、今日は新聞も持ってきてないからと、それを最初のページから読み始めた。ぼくは自分のコーヒーを持って、そっと自分の席へともどった。

小暮さんが、グッドジョブという感じで、親指を立ててぼくを迎えたが、ぼくは、先生のジョブの方が気になっていた。

ドゥリトル先生は、今回は、なにをちょっとやるのだろう?

そう思いながら、絵本を読んでいる吉野さんの横顔をぼくは見つめた。頭を抱えていたときより明らかに顔色は良くなっていた。

厨房にいる先生の方は、顔は見えなかったが、ぼくのためにスコーンを温めてくれているようで、いい香りがしてきた。

『The Little House』を読み終えた吉野さんは、先生に礼を言って帰っていった。

「ありがとう。いい本だね。日本語版は、今も売ってるの？　孫に買ってやりたい」

と。そして、自分のコーヒーもぼくのコーヒーも、全て自分が払うと譲らず、会計をして店を出て行った。

彼が帰ったあと、先生がその絵本を棚にもどそうとしたので、

「それ、ぼくにも見せてください」

と借りて、久しぶりにそれを読んだ。子供の頃に好きで何度も読んだ絵本だから、英語の文章も自然と日本語に変換されて、難なく読めた。

この物語の主人公は人間ではなく「家」だ。静かな田舎の丘の上に、ぽつんと一軒だけ建てられたちいさいおうちは、豊かな自然と季節の移り替わりを楽しみながら過ごしている。しかし、時とともにその環境は徐々に変化していく。馬車が走っていた田舎道は、車が走る幅広い道に造り変えられ、そのために花が咲いていた丘も切り崩される。道路ができたことで家も段々と増えて、お店も増えていく。ちいさいおうちだけは変わらないが、周りは町の様相になっていく。さらに車は増え、背の高い集合住宅ができて、次には路面電車が走り始め、夜は街灯の明かりで、星も見えなくなる――と、ページをめくるごとに、繊細なイラス

トで時代の変化が描かれる。

クライマックスでは、ちいさいおうちは高層ビルにはさまれ、電車が走る高架線の陰に隠れてほとんど見えなくなる。酷い環境の中で忘れ去られて、ボロボロになってしまうちいさいおうち。だが、なんと最後に、それを建てた人の子孫が見つけ出してくれるという奇跡が起きる。そして、ちいさいおうちにとって、とても嬉しい展開になって物語は終わる……。

先生が言うように、人間がやってきたこと、つまり自分たちがやってきたことをふりかえり見ることができる絵本だ。同じ場所に建ち続ける変わらない小さな家。それとは対照的に、人間は流されるままに近代化を推し進め、環境を悪化させていく。加速していく変貌が、可愛い絵で丁寧に描かれていて、自分たちが失ったものに気づく。

高度成長期を生きてきた吉野さんはまさに、このような時代の移り変わりを体験し、新たな環境を生み出してきた世代だ。表情からしても、なにか思うところがあったに違いない。

「いい本でしょう」

先生に言われて、ぼくはうなずいた。

「素晴らしいですね。改めて読むと」

「作者のバージニア・リー・バートンは、時代を見る目がある人だったとわかります。表紙を見てください」

彼に言われて、ぼくは本を閉じて見た。

「お家の絵の下に、『HER STORY』と、あるでしょう?」

言われて見ると、家の絵（ドアをはさんで窓が二つあり、それが顔を模している）の下に英語でそう書かれている。

「『歴史』は英語でHistoryと書きますが、His彼の、男のストーリーという意味になります。バートンは意識が高く、女性の権利を大切にしていた人で、あえてHerにして表現しているんです」

「ヒストリーって、そういう意味なんだ」

そこから知ったぼくは、その文字を見つめた。

「他にも、近所の女性を集めて、彼女たちを自立させるために、プリント生地の制作集団を作ったり、なかなかの人なんですよ」

ぼくは、絵本のカバーにある、バートンの写真を見た。聡明な感じだが、ボーイッシュで、ちょっと雰囲気が歌奈に似ているなとも思った。

「バートンの本は他にもあるわよ」

小暮さんが棚を指した。

「『いたずらきかんしゃ・ちゅうちゅう』も、主人公は機関車だけど、代名詞はHerになってるの」

その絵本も知っているが、英語版は読んだことがないので驚いた。乗り物は男性イメージという固定観念を、この時代にぶち壊すというのはよっぽどだ。同じ作家として尊敬の念を抱かずにはいられない、と思わず言いたくなるが、口を閉じた。

「彼女の作品でぼくが一番好きなのは、『せいめいのれきし』ですね。ここにはないけど」

と先生が言って、その本も同じ作者だと気づき、ぼくはまた驚いた。

「地球が誕生してから今に至るまでの生命の進化を描いた絵本ですよね」

スケールはより大きいが、確かにそれも『ちいさいおうち』と同じく時間経過を軸にした物語だった。

「吉野さんは、これを読んで、どう思ったのかな」

空色の絵本を先生に返しながらぼくが言うと、

「どうでしょうね」

先生は微笑んだ。でも、その表情は自信ありげだった。

その夜、歌奈は帰ってくるなり、ぼくに言った。

「今日、木村さんから電話があったの」

「お義父さんのことを心配してる？」

彼女の差し出す、ずしりと重いエコバッグを受け取りながらぼくが聞くと、歌奈は首を大きくよこにふった。

「それが、事務所を開くから、私をスタッフで雇いたい、って言うの」

ええっ！　とぼくは返した。

「お義父さんを捨てて、こっちに来い、ってこと？」

「そんな酷い言い方しないでよ」

歌奈はムッとしている。そして、

「『雑用ができる人はいくらでもいるから、お父さんの事務所は誰かに任せて、私のとこに来てほしい』って。私がいいらしい」

悩ましげに歌奈は言った。

「お給料も、今の倍くれるって言うの」

「うそっ！」

ぼくは思わず反応してしまった。

「どうしよう……悩むな」

と歌奈は頰に手をやっていたが、ご飯の前にシャワー浴びてきていい？　とバスルームに消えていった。エコバッグの中を見ると、誰かからのもらいものと思われる、りんごだった。

ちいさいおうちのまわりにもりんごの木があり、自然が豊かだった幸せな時代には花が咲き、実がなり、収穫されていた。ぼくはりんごをキッチンに運びながら、作者のバージニア・リー・バートンのことを考えていた。機関車を女性にしたり、表紙にHER STORYとまで書いたのは、それを主張しなければ誰も気づかず、なにも変わらないと思ったからだろう。彼女が今も生きていたら、どう思うだろうか。未だにこれか、とがっかりするか。少しは良くなったと喜ぶか。

「ああ、さっぱりした！」

と、シャワーを浴びて機嫌が良くなった歌奈とぼくは、夕飯を食べ始めた。

「お義父さんは、歌奈がいなくなったら、慌てるだろうね」

首にタオルをかけて、まだ乾ききってない濡れた髪でサラダをつまんでいる歌奈にぼくは言った。

「さあ、どうかな」

と歌奈は首をかしげた。自分を過小評価しているという、木村さんの言葉は正しいかもしれない。

歌奈は、高校生のときに母親を亡くしていて、父親も忙しい人だから父方の祖父母の家に大学を出るまでやっかいになっていたという。祖父母も、自信を持たせてくれるという感じではなく、進学も就職も、無難な選択をするよう促されたそうだ。それも自己評価が低くなった要因の一つかもしれない。

義父は、木村さんに引き抜かれてから、歌奈を再評価することになるだろう。今度は、木村さんとバートンが重なった。過小評価されている女性を集めて制作集団を作り、彼女たちに自信を持たせて能力を引き出したバートンと。

「どちらを選ぶにしても」

ぼくは真剣に言った。

「木村さんの言うことは正しいと思うよ」

そう言うぼくだって、義父と同じだ。歌奈が雑用をやっていることに、おかしい、と木村さんのように疑問を持たなかったのだから。

「もっと、自信を持った方がいいよ」

歌奈は箸を止めて、ぼくを見た。

「それは……」

彼女は、ちょっと考えていたが、

「私に、倍の給料で働いてほしいって、遠回しに言ってる？」

ぼくは、慌ててそれを否定した。

「んなこと思ってないよ！　どちらにしても、って言ったでしょ」

冗談だよ、と歌奈は笑った。そして、

「ちょっと、考える」

と、真面目な表情になり、目を伏せた。そんな歌奈を見て、ぼくこそ夫なのに、彼女の中にある可能性を今までちゃんと見てあげていただろうか、と改めて自らに問うのだった。


「相席してもいいかな」

の声に、顔を上げると、吉野さんだった。ぼくは店内を見やったが、彼の指定席であるカウンターの席は空いている。

「あ、どうぞ」

と、うなずくと、

「報告したいことがあるだけで、すぐに引き上げるから」

と、吉野さんは向かいに座った。

「先生には、報告済みなんだけど。きみにも伝えておこうと」

カウンターの向こうを見ると、先生もこちらを見て微笑んでいる。

「この前より、お元気になられた感じがしますね」

　ぼくは吉野さんに言った。

「あの絵本を読んでね。先生の言うとおり、自分がやってきたことを見つめなおしてみたんだよ。『おれの人生はなんだったんだ！』と言うわりには、それを見つめなおしてなかったんだなぁ」

　吉野さんは窓の外を見た。

「おれも、なにもない町を、大都市につくりあげた人間の一人だ。あの絵本のまんま、生きてきた」

　そしてぼくに視線をもどした。

「でも、あの家は最後に、田舎にもどるだろ？　それが、おれにはなかった」

　吉野さんが言っているのは、『ちいさいおうち』の物語の終わり、ハッピーエンドの展開のところだ。

　ちいさいおうちを建てた人の子孫が、ボロボロになったおうちを見つけてくれるという奇跡が起きたあと、おうちはジャッキでビルの谷間から引き出されて、まるごとキャリアカーに載せられて、田舎へと引っ越す。昔のように自然豊かな丘の上に、ちいさいおうちは移築され、きれいに修繕されて、再び幸せな環境で暮らすことになり、めでたしめでたし、で物語は終わる。

吉野さんは、続けて語った。

「おれは、ビルにはさまれたままのところで終わってる、って思った」

老いた人は目を細めたが、そこには光があった。

「なにが、大切か。あの小さな家のように答えを、おれはまだ出していないかもしれない」

ぼくは真摯《しんし》に耳を傾け、うなずいた。吉野さんは、ちょっと恥ずかしそうに微笑んで、明かした。

「講師の話を断ってきた知人にね、こちらから頼んだよ。やらせてほしいって。一方的に自慢話をするんじゃなくて、若い連中と一緒に考えたいって。自分がやってきたことを見つめた結果、なにを大切だと思うか……彼らと考えたいって」

ぼくは、その言葉に感動していた。

「それで、相手は？」

「再考するって。返事はまだきてない。ダメかもしれないけど、ダメなら、それをやる場所を他で探すよ。文章で書き残してもいいし」

と、本棚の方を見た。

「あの本を、真似てね」

ドゥリトル先生が、ぼくたちのところにやってきた。

「たぶん、いい知らせがきますよ」

と自信ありげに彼は言った。

「ありがと。このカフェに通ってて、よかったよ。安いだけじゃなかった」

照れている吉野さんは、ごまかすように手に持っていた紙袋を、ぼくに差し出した。

「これ、あげる」

「えっ、ぼくに？」

と、中を見ると、箱に入った新品のモバイルバッテリーだった。吉野さんはぼくのノートパソコンを指して、

「そのノートのバッテリー、すぐにダメになったでしょう」

ぼくが驚いて、なんでわかるんですか？という表情をすると、吉野さんは、うなずいた。

「このカフェの唯一の難点は、客用のコンセントが少ないことなんだよね。よかったら、使って」

「嬉しいですけど……」

そこそこ値段がするノート用のそれを、ぼくは見つめた。

「ぼくは、これもらっちゃった。非常用にって」

先生は、棚の上に置かれている、ポータブル電源を指した。これよりももっと高いやつだ。

「うちの関連会社の製品だから、保証するよ」

吉野さんが誇らしげにそれを見るので、

「じゃ、遠慮なく、頂戴します」

と、ぼくはそれを受けとった。先生が他のお客に呼ばれてオーダーを取りに行くと、

「でも、きみは……」

吉野さんはぼくを見て、ニヤッと笑った。

「営業職じゃ、ないな？　縦書きで報告書は書かないもの」

ぼくは、原稿を書いている画面を前にして一瞬言葉を失ったが、

「……こ、これは社内報の原稿で、頼まれて」

平静を装った。ふーん、と吉野さんは納得いかないような顔をしているが、

「まあ、がんばって。邪魔したね」

新聞を手に、自分の指定席へともどっていった。

彼の背中を見つめて、自分も彼ぐらいの歳になったときに、自分がやってきたことを見つめなおすことになるのだろうか、と思った。

いや、見つめなおすのは、いつだっていいのだ。今だって、それをやるときかもしれない。

さくらちゃんだって、ピッピを読んで、自身を見つめなおしていたではないか。

そんなことを思いながら、小説を書き進めたぼくは、日が暮れてくると、もらったモバイルバッテリーをデイパックの中に入れ、片付けを始めた。

「これも、一緒に入れてください」

すると先生がやってきて、ぼくに袋を差し出した。スコーンが三個以上は入っていると、ボリュームからわかった。

「いや、こんなに……」

と、さすがにぼくは拒否したが、先生はちょっと困ったような顔をして返した。

「お礼ではないんです。金曜に来るお客さんで、スコーンをたくさん食べてくれる人が……このところ現れないんで、余っちゃうんですよ」

ぼくは、先生の顔を無言で見つめた。

「なので、手伝ってください」

その表情は、困っている、というよりは、寂しそう、と言った方が正しいと、ぼくは気づいたのだった。

一第四話一

自分の居場所

―『あおい目のこねこ』―

カフェから少し離れたところで自転車を一時停めて、袋の中を見ると、予想どおりスコーンが五つも入っていた。もちろん家には持って帰れない。それが大好きな人がいるから、部屋に隠しておいても匂いでバレるにきまってる。しかし、こんな美味いものを廃棄するなんてことも、自分にはできない……。

しかたがないので、図書館の休憩室で全て腹に入れることにした。冷えても美味いが、さすがに五個は厳しいので、近くのコンビニでバターとジャムを買い、備え付けの電子レンジで、ちょっとチンしてきた。

店で食べるほどではないが、なかなか美味くて、ペットボトルの紅茶と一緒に、あっという間に食べてしまった。まわりの人から注がれる視線だけ、このオッサン、独りでなに食ってんだ？　という目だけが、ちょっと厳しかったけれど。

「あなたも、食欲ないの？」

さすがにスコーンで腹がいっぱいで、その晩の夕飯は、フードファイトな気分だったが、ぼくと同じく歌奈も箸がすすまないようだった。

「図書館で休憩したときにお菓子食べちゃって……コンビニの」

えーっ、と彼女は眉間にしわをよせた。ぼくは話題を変えるように聞き返した。

「きみも食欲ないの？」

うーん、と彼女は目の前の総菜を見つめた。

「仕事のしすぎで、食欲がないんじゃないの？」

「それもあるけど、買ってきたおかずも、毎日だと飽きる。週に一度ぐらいならいいけど」

彼女が言うように、それを買ってくるのは金曜だけではなくなった。義父の事務所の一番の働き手だった木村さんが辞めてから、歌奈の負担が増えて、午前中から仕事に行くこともあり、料理を作る時間もない。そして前のように金曜は機嫌がよい、ということもなくなった。カフェに行っていないからだろう。

「ぼくが作るよ、料理」

「でも、あなたも忙しいから」

歌奈の顔を見ていたぼくは、それを言うべきか検討する前に、もう言葉を発していた。

「週末は、ゆっくり休んだ方がいいよ」

歌奈は不思議そうに返した。

「休んでるよ？　さすがに週末はお父さんも来いとは言わないし」

「いや、その、家で休むんじゃなくて、ショッピングとか、美術館に行くとか、少し気分転換した方が、いいんじゃないかな」

言いながら、なんで自ら、彼女に週末にカフェに行くよう促しているのだろうと、自分が信じられなかった。

「ぼくが週末も仕事してるから、出かけにくいかもしれないけど。ぼくのことは放っておいて、ひとりでも出かけなよ」

歌奈は、いまいちピンときていない顔をしていたが、

「べつに遠慮してないし。大丈夫」

と、微笑んだ。そして、彼女は唐揚げに箸をのばして、呟いた。

「気分転換、か」

遠い目で、唐揚げを食《は》んでいる彼女の脳裏に、どんな映像が浮かんでいるか、ぼくには想像がついた。おそらくそれは、外国の匂いがする本棚、バターの香りがするスコーン、ドリップしたてのコーヒーが注がれたマグ、そして……。

「……ごちそうさま。もう、いっぱいだ」

ぼくは箸を置いた。

「えっ、そうなの？」

と、ぼくは小暮さんに聞き返した。

「週末は、やってないんですか？　このカフェ？」

「そんな基本情報を知らなかったの？」

小暮さんは、カウンターの向こうでコーヒー豆を挽《ひ》いているドゥリトル先生を指した。

「土曜は、市民大学で英米文学を教えてて、日曜は小学生のサッカーチームのコーチでしょ、あと映像関係の通訳のお仕事もしてるんでしたっけ？」

そうなんだ……週末は休みなのか。歌奈の反応を思い出して、ぼくは、合点がいきつつ、また複雑な気持ちになった。

「どれも、ちょっとやってる程度ですけど。店が早じまいなのも、翻訳とか他の仕事をしてるからで」

と、先生は返して、ぼくと小暮さんしかいない店内をあごで指した。

「カフェだけじゃ、食ってけないですから」

先生は珍しく、ちょっと暗い口調で言った。

「客商売は、先が読めないですし」

小暮さんは、ぼくに囁くように言った。

「お気に入りの常連さんが来なくなって、元気ないの」

ぼくは黙っていたが、かまわず小暮さんは続けた。

「金曜日に必ず来る人でね、ちょっと謎の多い女性なんだけど」

ぼくは努めて普通の表情を維持していたが、胸は鼓動を打ち始めた。

「その人が、ぱったり来なくなって、先生——」

小暮さんがそこまで言ったとき、店の扉が開いて、

「ヘーイ！　トム！」

若い外国人の男性が入ってきた。

小暮さんの話で緊迫していたぼくは、不意をつかれて必要以上に驚いてしまった。けれど二十代後半ぐらいの、透きとおった青い目をしている青年は、その目にぼくなど映らないかのように、

「How is it going!」

真っ直ぐ先生の方へと歩み寄った。先生も予期していなかった客らしく、驚いている様子で、

「Henry! When did you come back?」

カウンターから出てきた。二人はハグをしている。先生のファーストネームが「トム」であることも、ぼくは初めて知った。二人はぼくにはわからない英語でやりとりしていたが、ヘンリーと呼ばれた彼は、小暮さんに気づくと、

「あっ、小暮さん！　久しぶり、お元気ですか？」

と、先生ほどのネイティブではないが、上手な日本語で挨拶をした。

「元気よ。ヘンリー、あなたはどうしてたの？」

「日本の、いろいろなところで、仕事してました」

込み入った話になってくると、小暮さんも英語で彼と話していたが、思い出したように彼女はぼくに彼を紹介した。

「彼はヘンリー。彼もイギリス人で、前にここでバイトしていたことがあるの。こちらは佐藤さん」

「こんにちは」

ヘンリーは笑顔でぼくに挨拶した。ぼくも彼のブルーの目を見て、こんにちは、と会釈《えしやく》して返した。

ヘンリーは、久しぶりに来たカフェを見て回り、変わったものを一通りチェックすると、満足げにカウンター席に座った。そして、たまっていた近況報告を、先生に向かって始めた

ようだった。先生と彼のネイティブイングリッシュは倍速になり、なにを話しているのか、もはやこれっぽっちもわからない。

日本語をしゃべる先生があたりまえになっていたから、ああ、先生は外国人なんだなと改めて思った。本棚にある本のように、ぼくが知らない情報が、二人の会話の中にあると思うと、残念に思う。急に先生が遠い存在になったように感じた。

ヘンリーは、ひとしきり先生としゃべると、窓の外を見て、

「やっぱり、いいですね、ここは。トムは、場所を選ぶのが上手です」

と日本語で言った。ブルーの目に栗色の髪。どこから見ても彼は生粋《きっすい》のヨーロッパ系だ。ドゥリトル先生は、彼と並べて見ると髪も黒く、東洋系のミックスであることが、今までになくわかって、これまた発見だった。

「どうしました?」

まじまじとぼくが見ているのに気づいて、先生が聞いた。

「いえ。先生が、イギリス人に見えたり、日本人に見えたりして、不思議だなと」

ぼくは思ったことを素直に口にした。

「言いたいことは、わかりますよ」

と先生はうなずいた。そしてニヤッと笑って、聞いた。

「英語を話すぼくは、嫌い？」

どこかで聞いたフレーズだ。ぼくは返した。

「英語を話す先生とは、まだ知り合いになってないので。好きも嫌いもないです」

さくらちゃんとの会話を再現して、二人で笑っていると、聞いていたヘンリーが、

「そういう会話ができるのは、このカフェだけだ」

と呟いた。勢いよく入ってきたわりには物憂げな顔をしているヘンリーに、先生は日本語で聞いた。

「『ねずみのくに』は、まだ見つからない？」

ヘンリーは首をかしげて英語で返した。

「I don't know. It's not so easy」

ねずみのくに？　なんだろう？　ぼくは二人の顔を交互に見た。先生はあえて説明せず、

「そっか」

と、彼を案ずるように見ている。ヘンリーは目を伏せて、メニューを取り、水色の目が深い青になった。彼は、またぼくにはわからない早口の英語で、質問だか、注文だかをして、先生も英語でなにか返したが、そのオーダーを作りにカウンターの中に入った。

できあがったカフェラテのようなものと、温めたスコーンを先生が運んできて、ヘンリー

は嬉しそうに両手を合わせ、それらを味わい始めた。ぼくは小暮さんに、聞いてみた。

「彼が頼んだあれはなんですか？　カフェラテみたいだけど、なんか違いますね」

「フラットホワイトじゃないかしら。裏メニューだわね」

彼女はぼくに教えた。

「ああ。イタリア系のコーヒーショップとかにありますね」

ぼくたちが話していると、ヘンリーがこちらを向いた。

「そうです、フラットホワイトです。カフェラテよりエスプレッソに対してミルクの量が少ないから、おいしいです。フォームミルクではない、なめらかにスチームしたミルクを入れて、泡をちょっとだけのせる。それがフラットホワイトです」

ヘンリーが熱く説明すると、先生がカウンターの向こうから手をふった。

「そんな技術も機械も、うちにはないから。ミルク少なめのラテの泡を、テキトーに消しただけだよ」

ヘンリーは自分が飲んでいるものを見て返した。

「でも、おいしいですよ。トムはフラットホワイトをよく知っている。だから、これが作れる。でもこの前、新宿で飲んだフラットホワイトは、ただの温かいコーヒー牛乳だった」

スコーンもそう、と彼は不満げに続けた。

「本物を食べたことない人が作ってるから、ろくなのがない。でも、スコーンと言って売ってる」

「ぼくのところで食べればいいだろ。だいたい、ここは日本なんだから文句言わんで、渋茶に鯛焼きでも食ってろ」

先生は、気持ちよさげに悪態をついている。しかし、ヘンリーも語るのをやめようとしない。

「そのお茶だって、最近は酷いよ。クソ甘いだけの抹茶ラテ、フラペチーノ、タピオカ入り？　あれは、抹茶ですか？　なのに外国人観光客は、マッチャマッチャと行列して買ってる。連中はいったい、なにしに日本に来てるんだ？」

先生はヘンリーを見て、ため息をついた。

「なにが言いたい？」

問われて、彼は真顔で返した。

「ぼくは、ピュアなものが見たいだけだ」

そして、うんざりしたような口調で言った。

「日本の田舎も、どこも外国人だらけで、もうぼくが来たかった日本じゃない」

「気持ちはわかるが。自分だって、その外国人の一人だろ」

「だったら、よけい関係ないだろう。彼らが減っても増えても。ぼくだって未だに観光客に間違えられるけど、べつに気にはしない」

「いや、違う」

ヘンリーは怒られた子供のように、腕を組んで黙り込んでいた。とはいえ、また英語で自分から先生に話しかけ、二人は今度は三倍速でやりとりしていた。

一時間ほど、ヘンリーはカウンターで先生相手にぐたぐた言っていたが、約束があるからと言って、また来ますと店を出て行った。

欧米人にしては少し細身にも感じる彼を、ぼくは窓越しに見送りながら、日本が好きでやってくる外国人は、皆なんとなく似ているんだよな、と思った。そして先ほどの謎の言葉を思い出し、

「『ねずみのくに』って、なんですか?」

先生に聞いた。

「ああ、それは……」

と先生は、カウンターから出てくると、本棚へと向かい、

「さくらちゃんが整理してくれるから、すぐに見つかって助かるね。この本は、英語じゃないんだけれど」

と、一冊の絵本を取り出してきた。

『Mis med de blå øjne』

とタイトルがあって、表紙には猫の絵が描かれている。

「デンマークの画家で絵本作家でもある、エゴン・マチーセンの本です」

ということは、タイトルはデンマーク語なのだろう。先生に差し出された絵本を受け取って、ぼくはじっと見つめた。

大きな青い目をしたシャム猫が、こちらをじっと見つめ返してくる。大胆な構図と筆使いによって活き活きと見せていて、画家と言われて納得する絵だ。本を開けば、その猫が一ページ目からリズム感を持って動き出す。

「日本でも『あおい目のこねこ』というタイトルで出版されています。どういう話かというと──」

と、先生はあらすじを教えてくれた。

物語の主人公は、青い目をした子猫で、お腹が空いているので、ねずみがたくさんいるという「ねずみのくに」を独りで探しにいく。その途中、普通の黄色い目をした猫たちに、「ヘンな目だ」とからかわれて、仲間はずれにされてしまう。けれど、青い目の猫は、水に映る自分の顔を見て、「べつに悪くない」と自信を持つ。ねずみのくにもなかなか見つからないが、彼は常に前向きだ。そしてついに、それを見つける。

一方、黄色い目の猫たちは、犬に脅かされて木の上から下りられないでいる。やせ細り、弱りきっている彼らを青い目の猫は救出し、ねずみのくにへと案内してあげる。たらふくねずみを食べた黄色い目の猫たちは、「青い目も悪くない」と態度を変えて尊敬し、皆で仲良く暮らして、めでたしめでたし——という話だそうだ。

「黄色い目の猫の現金な態度は、おいといて。青い目の猫が常に前向きなところ、というか、楽天的なキャラなのが面白い」

と先生は楽しげに解説した。

「猫の世界では、青い目がマイノリティーになるのか」

挿画では主人公の青い目の猫が、多勢の黄色い目の猫と、対峙《たいじ》している。先生は表情を変えて、ヘンリーが座っていた場所を指した。

「まさに彼は、青い目の猫なんですよ。でも人間は、なかなか楽天的にはなれないんです。ぼくはそういう人たちから、よく悩みや愚痴を聞かされるのですが」

「それは、日本にいる外国人、ということですか？」

「そう。日本の文化やアニメに興味を持って、来日する人が増えたけれど。実際日本に来ると、適応できなくて困ってますね。疎外されているように感じて、それで逆に反発して、スコーンが不味《まず》いだの、くだらない愚痴が出る」

つまりぼくたちが黄色い目の猫ということだ。よこで聞いていた小暮さんが加わってきた。

「多民族の国じゃないから日本は。でも、随分と外国人観光客が増えて、私たちも青い目には慣れてきたわよ」

先生は大きくうなずいた。

「本当に。三十年前、ぼくが日本に来たときは、半分外国人ってだけでも、モンスターみたいに見られたからね」

モンスターという言葉に、ぼくが衝撃を受けていると、

「ぼくも、青い目の子猫だった。青い目をしてなくてもね。仲間はずれにされて日本の学校に馴染めず、ふさぎこんでいたら」

先生はぼくの手にある本を指した。

「母が、この『あおい目のこねこ』を買ってきて、読んでくれたんです」

「この本を？」

「正確には、それの日本語版です。母は日本人だったから。その本は宝物だから、上にあります」

と、住居である二階を指した。

「ぼくが気にいったので、母は英語版も探してくれたんですが、見つからなくて。当初は日本語を学ぶことにも消極的だったんですが、これをどうしても自分で読みたくて、結果、最初の日本語の教科書になりました。精神的にも日本語のスキルにも、自信をくれた本です」

ぼくは、大きな先生を見つめ、小さな先生がこの絵本を胸に抱いていた頃を想像した。

「皆と違っても、仲間はずれにされても、気にすることはないんだと、この本は教えてくれました」

大きな先生は、モザイクのようにぎっしりと本が詰め込まれている本棚を見やった。

「言葉で励ますよりも、一冊の本が、その人の心にスッと入ることがある」

先生の「原点」が、ついにわかった。それは、ぼくが知りたかったことだった。なんとなく想像はついていたけれど、具体的な話を聞くと先生という人間がぐっと近づき、理解できた。自分が本で助けられたから、同じことを皆にもやっているのだろう。ブックカフェを開いたのも、それが理由に違いない。

職業柄、小説に出てくる登場人物のそれを常に考えているからだろうか、知りたかった先生の「バックグラウンドと原点」がわかって、ぼくはどこか達成感みたいなものを感じていた。

「本が処方箋《しょほうせん》なんですね」

ぼくが言うと、小暮さんがうなずいた。

「先生に救われた人を、たくさん知ってるわ」

けれど、先生は謙虚な態度で首をよこにふった。

「いやいや、ドゥリトル、ヤブですよ」

そしてヘンリーの残していったカップや皿を下げ始めた。

「現に、ヘンリーにこの本を紹介したけれど、効果はイマイチだった。絵本じゃなくて、もっと難しい本の方が、よかったかもしれない」

小暮さんは首をかしげた。

「そうかしら。絵本の方が言葉がシンプルで、病んでるときは心に入ってくるけどね」

ぼくは、デンマーク語のタイトルを指して言った。

「やはり英語じゃないと、刺さらないんじゃないですか？」

翻訳アプリで読んでいたけど、と先生はあごに手をやって、英語版は絶版なんだよな、と呟いた。

「今は刺さってないかもしれないけど、そのうち刺さるかもしれないわよ」

小暮さんがそう言って、立ち上がった。彼女は、本棚から一冊の本を取り出してもどってきた。

「ちなみに、先生が最初に私に処方してくれたのは、この本なの」

見ると、その絵本はぼくにも親しみがあるものだった。

「『ふたりはともだち』ですよね？　これは知ってます」

二匹の蛙が仲良く向き合っている絵に、日本語のタイトルが自然と口から出た。

「そう。私たちにも馴染みのある絵本よね」

小暮さんは、それをひざに置いて腰かけた。

「あるとき私が、長年のお友だちとケンカして、相手のことを悪態つきまくって、落ち込んでいたの。そしたら先生が何も言わずに、これを本棚から出してきてくれて」

彼女は、本のページをめくった。

「でも、日本の教科書にも使われてるぐらい有名なお話だから、先生に差し出されたときには、『ああ、知ってるわ。いいお話よね』で、そのときは終わっちゃった」

ぼくは、確かめるように彼女に聞いた。

「性格が違う、二匹の蛙のお話でしたよね？」

「そう、かえるくんと、がまくんのお話。ふたりは親友だけど、見かけも色も、性格も違うの。がまくんの方がクセがあって、なにかと彼のせいでことが起きるんだけど、ふたり一緒だと、それが自然とよい方向に向く、というお話よ」

「いいところを突いてる話ですよね」

小暮さんは先生の方を見ながらうなずいた。

「『性格が違うからこそその親友でしょ』って、先生は私に言いたいのだろうと。でもね、そのときは、わかってるわよ、そのぐらい！　と思ったわ」

先生は微笑んで、黙っている。

「そこまで刺さらなかったんだけど、しばらくしてからね、孫が持っているこの本をもう一度、読み直してみたの」

と言って、小暮さんは、プッと吹き出した。自分がこれから言うことに先に笑いが出てしまったようだった。笑いが止まらない彼女は、苦しそうに説明した。

「私はね、自分がしっかりしている『かえるくん』の方だと、まったく疑ってなかったんだけど。読み直してね、もしかしてケンカした友人の方から見たら、私の方が『がまくん』なんじゃないかしら？　って急に思い至ったのよ。そしたら、おっかしくて、笑っちゃって。友だちに申し訳なくなっちゃった」

先生は断りを入れるように口をはさんだ。

「ぼくは、そんなことは、一言も言ってないですからね」

笑いが少し治まった小暮さんは、とにかく、とその絵本を胸に抱いた。

「仲直りしましたよ、その人と。あっちが『がまくん』になることもあるし、こっちが『がまくん』になることもあるけど。友だちってそういうものなんだって、わかったわ」

かわいらしい紫の髪のおばあちゃんとがまくんは、言われれば目のあたりが似ている感じがして、

「それは、いいお話ですね」

と、コメントしつつ、ぼくも笑いが止まらなくなってしまった。

「笑いすぎよ」

と小暮さんが言って、先生も笑っていたが、ふと彼はなにか思いついたような顔になった。

「すみません、ちょっと貸して」

その本を小暮さんから取り上げた。そして、ページをめくっていたが、

「うん……『あおい目のこねこ』より、こっちかもしれない」

と、ひとりうなずいたので、ぼくと小暮さんは顔を見合わせた。


恒例の行事のように、ぼくは日本語訳の『あおい目のこねこ』と『ふたりはともだち』を借りるために、カフェの帰りに図書館に寄った。

「日本語版も、カフェの本棚に置いてほしいな」

と思うが、英語の本だけを置く理由が、やはりあるのだろう。そこも先生のバックグラウンドに関わることに違いないと思った。

その二冊を、図書館の児童書のコーナーで探すと、『あおい目のこねこ』は見つかったが、『ふたりはともだち』は見当たらなかった。端末で検索すると貸出中で、予約待ちが六人と出てきた。そんなに人気があるんだ！　と驚いて画面を見ていると、

「なに探してんの」

と後ろから低い声がした。びっくりしてふりむくと、さくらちゃんだった。

「ああ、びっくりしたぁ」

ぼくのリアクションに、彼女はムッとした表情を返した。

「ごめん、こんにちは」

慌てて取り繕うと、さくらちゃんは、

「子供のコーナーに、ヘンな男がいると思ったら、さとうさんだった」

と返してきて、今度はぼくがムッとした。無愛想なまま彼女は、端末の画面をよこからのぞき見ると、

「『ふたりはともだち』ね。ないない、人気の本だから」

と、つれない書店員のように言った。

「やっぱり、そうなんだ？」

「予約待ちも、これでも少ないほう」

彼女は教えてくれた。じゃあ、買うしかないか、と思っていると、

「わたし持ってるよ。貸してあげてもいいけど」

さくらちゃんは言った。

「えっ、ホント？　貸して、貸して！」

ぼくは素直に喜んで、頼んだ。さくらちゃんは、ぼくの反応にちょっと引いていたが、

「いいよ。どうしよっかな」

どうやってそれを貸そうか考えているようだった。そして、

「明日、ドリトル先生のカフェに来る？」

と聞いてきた。明日は……金曜日だ。

「ごめん、明日は行かない」

ぼくは首をよこにふった。

「あっそ。じゃ、わたし明日行くから、先生にあずけておく」

彼女はそう提案してくれた。

「ありがとう！　週明けに行くから、先生から受け取るよ」

と、ぼくは彼女に手を差し出した。

「なに、これ？」

「握手」

あまり嬉しくなさそうに、彼女はぼくと握手した。彼女はすぐに手を引っ込めると、話題を変えるように言った。

「わたしもホントは、金曜はフリースクールなんだけど。金曜に来るじょーれんさんが最近来なくて、先生がかわいそうだから、早びきして行くの」

ぼくは、手を差し出した形のまま固まった。

「……そうなんだ。さくらちゃんは、そのじょーれんさんのこと知ってるの？」

「あんまり。金曜は、そんなに行かないから。女の人だよ」

ぼくは、そうなんだ、とくり返して、ちょっと黙った。

「先生は……その人が、好きなのかな」

小さな女の子に、ぼくは聞いていた。さくらちゃんは、その質問に驚くこともなく、首をかしげた。

「わからない」

そして、真面目な表情で言った。

「でも、先生はバツイチだから、しんちょー、だって。小暮さんは言ってる」

「しんちょー……」

「背のことじゃないよ」

「……わかってる」

ぼくは、呟くように小さく、ありがとう、と彼女に言った。

「……『ふたりはともだち』よろしくね」

そして、そこを去った。ぼくの背中を見送るさくらちゃんは、やはりヘンな男だと、きっと思ったに違いない。

週明けにカフェを訪れると、

「さくらちゃんから預かってるものがあります」

先生が、日本語版の『ふたりはともだち』をぼくに渡してくれた。

「日本語訳も、とてもいいですよ」

と言う先生の顔を見て、いまひとつ元気がないようにも思えた。そう思って見るからかもしれないが。

先週の金曜も、歌奈はカフェには行かず、事務所に行ったようだった。けれど彼女は帰ってくると、やや興奮気味に知らせた。

「新しい人を雇うことを、ようやく決めてくれたよ、お父さん」

来週、応募者を面接する予定だという。

「だから私も、あとちょっとだけ、がんばればいいだけだから」

と言う歌奈に、

「木村さんからのオファーは、どうするの？」

と聞くと、彼女はちょっと黙っていたが、

「とりあえず、新しい人とお父さんが、うまくやってけるかを見てから考える……かな。今、出て行くのは、ちょっと可哀想だし」

歌奈らしい答えだった。

「そうだね。それがいいと思う」

と、ぼくも彼女の意見に賛成した。

そんな会話を思い出しながら、ぼくは開いている絵本越しに、カウンターの向こうでコーヒーをドリップしている先生を見ていた。二つの問いが同時に浮かんだ。

先生なら、歌奈になんとアドバイスするだろう？

歌奈は、なぜそのことを先生に相談しに来ないのだろう？

いや、もしかすると、ぼくの知らないところで相談しているのかもしれない。電話やメッセージで連絡を取っている可能性もある。でも、先生の様子から、歌奈とは連絡をとっていないような気がする。小暮さんの話から察するに、なぜ彼女が来なくなってしまったかもわからないでいるのだろう。

「どうぞ」

淹れたてのコーヒーで満たされたマグカップを、先生がぼくの前に、トン、と置いた。ぼくの顔を見たまま彼が動かないので、自分の思考が読まれたような気がしてドキッとした。

「ヘンリーがまた来たら、今度はその本を使って、話をしてみようと思うんです」

先生は、ぼくの手元にある『ふたりはともだち』を指して言った。まったく違う話題だったので、ホッとして返した。

「今度は、これが処方箋？」

先生はうなずいた。

「前にも言ったようにヘンリーは、どこに行っても、自分の場所じゃないと感じてしまう。ぼくも最初はそうでした。でも問題は、外ではなく、自分の中にある。黄色い目の猫の国にいるのに、自分こそ、彼らを受け入れようとしていないんです」

「先生も、そうだったんですか？」

「ええ。日本人って、なんてヘンな連中なんだ！　と思ってましたよ」

　昔を思い出しているような表情で、先生は笑った。

「まさに、その本に出てくる変わり者の『がまくん』ですよ。天気が良い日に遊ばないし、ヘンなルールがあるし、小さなことを気にして大騒ぎするし」

　それらは絵本に出てくるがまくんにまつわるエピソードだが、なんだか自分のことを言われているような気分になる。

「でも、がまくんみたいに、病気になればお見舞いに来てくれるし、面倒を見てあげれば、御礼を倍にして返してくれたりする。憎めない」

　緑色を基調に描かれた愛嬌のある挿画を、ぼくは見た。茶色で頭が大きくて、ほっぺたにふくらみがあるのが、がまくん。かえるくんは緑で目が大きくて、やけに足が長い。

「まさにこれって、日本人と欧米人を描いてるみたいだ」

　ぼくは笑い出した。

「今でも、ここに来るがまくんたちに、ふりまわされてますけどね」

　と先生は、ぼくの他にはスマホを見ている学生が一人しかいない店内を見やって、カウンターの席に腰をおろした。

「しかたない。ぼくも半分は外国人だから」

彼のヘーゼルの瞳を見て、ぼくは言った。

「でも先生は、『あおい目のこねこ』のように、それをネガティブに受け取ってはいないように見えます」

「その本に励まされて、それがぼくのアイデンティティだと、認めたからです」

先生は大きな手で、洋書だけで埋められた本棚を指し示した。

「だから、自分が何者かを忘れないために、あえて英語の本しか置かないことにしてるんです。こうやって日本で暮らし日本語をしゃべってますが、イギリス人でもある。どっちでもあるけど、どっちでもない。自分と向き合って、それを認めて、受け入れたとき、初めて自信は生まれた」

そしてその手を、本棚から緑の絵本へとやった。

「がまくんは、蛙なのに水着を着て泳ぐので、皆にヘンだと笑われます。でも彼は自分でも『ヘンにきまってるだろう』と認めて、堂々としている。ヘンな自分を愛してるから、へこむことはない」

熱く語る先生は、ぼくよりも若く見える。

「ヘンリーは、母国に居場所はないと感じて、それを探しに日本に来た。でも、自分に自信がないから、またここでも、価値観の違いに不安を覚えて、防御、攻撃をすることになる。

隣人を愛せず戦争が起きるのも、同じ心理です」

「永遠のテーマですね」

ぼくは相槌《あいづち》を打った。

「でも、がまくんや、青い目の猫のように、自分と向き合って自信を持てば、恐れはなくなり、価値観の違う相手とだって友だちになれる。そしてそこが自分の居場所になります」

ぼくは、がまくんとかえるくんが肩を組んでいる挿画を見つめた。タイプが違うふたりだからこそ事件が起きて、それが物語になる。価値観が違うことのストレスは、決して悪いものではなく、それがあっての「最高の友だち」なんだと教えてくれるのが、この本のすごいところだ。

「居場所は、自分で作るものです」

と、先生は最後に床を指した。

「素晴らしい」

先生の熱弁に、思わずぼくは拍手した。

すると、先生はハッと我に返った表情になり、頭を下げた。

「すみません。また長話をしてしまった」

「いえ。英語の本しか置かないのは、そういうことなんですね」

イギリス人でもあり、日本人でもあるが、どちらでもない……。先生の言葉を考えていたぼくは、

「あっ、わかった！」

と、唐突に声にした。そして、先生に聞いた。

「このカフェの名前『B&Y』は、ブルーとイエローってことですね？　猫の目の色のことだ」

それを聞いたときの、先生の嬉しそうな顔といったらなかった。

「よくわかりましたね！　そのとおりです！」

と、大きな両手をぼくに差し出した。

「さすがだ、佐藤さん」

強く手を握られて、ぼくは笑ってされるがままにした。

「B&Yには、二つの意味を重ねてあって、Books and You という意味もあるんですが」

先生は言った。

「そこまで当てた人は初めてですよ。佐藤さんだけ」

そうですか、とようやく熱い握手から解放されたぼくは返した。

「こういうところが嬉しくて、つい話しかけたくなっちゃうんだな」

と先生は微笑んだが、また店を見やって、ため息をついた。

「佐藤さんの他にも、こういう話を聞いてくれるお客さんがいるんですが。最近、来なくなっちゃって」

「そうですか……」

ぼくは、マグカップを取るとコーヒーを一口飲んだ。そして、それを置いて言った。

「たぶん、忙しいんですよ、その人。すぐにまた来るようになりますよ」

先生がこちらを見たが、ぼくはあえて彼と目を合わせなかった。

その日の晩、リビングのソファーでぼんやりとドラマを観ている歌奈に、ぼくは声をかけた。

「あのさ。歌奈の、仕事のことなんだけど」

歌奈はこちらをふりかえり、きょとんとした表情でぼくを見た。

「きみの選択は、たいがい間違っていないと、ぼくは思うよ」

歌奈はなにも言わず、ぼくを見つめて聞いている。

「でも……」

先生なら、なんと言うだろう、と考えているぼくがまたいた。それじゃダメだ、ぼく自身から出てくるアドバイスじゃないと。

「よく、考えた方がいいと思うよ」

歌奈はすぐに返した。

「それは、木村さんのところに行った方がいい、ってこと?」

「いや、そういうことじゃなくて」

数多《あまた》の言葉を日々綴《つづ》っているのに、こんなときに言葉が出ない自分をもどかしく思いながら、ぼくは続けた。

「どちらにしても……」

歌奈は、ぼくの言葉を待っている。

「お義父さんや木村さんは、関係ないから。自分のために、自分の居場所はあると思う」

歌奈の表情は、すぐには変わらなかった。言葉の意味を考えているようだった。

「私の居場所……」

彼女は、くり返した。そして子供のような表情で、ぼくを見た。

「そんなこと、考えたことなかった」

ぼくはうなずいた。

「歌奈が、どうありたいか……だと思う」

歌奈はぼくを見つめていたが、テレビの方に向き直ると、

「居場所ね……」

と考えていた。自分の世界に入ってしまった歌奈を、今度はぼくが見つめていたが、自分の仕事は終わったような気分で、リビングを出た。結局、それが自分の言葉だったのか、先生の言葉だったのかはわからなかった。


翌日も、その後も、ぼくはカフェに行かなかった。しばらく行くのをやめようと思ったからだ。簡単に言うと、行く気がしなかった。

仕事部屋でパソコンの前に座り、自分の本棚を改めて見やった。B&Yほどではないが、職業柄そこそこ本はある。

書けなくなったときに立ちもどるための、自分が愛してやまない小説、ノンフィクション、脚本集。先輩や友人の作家からの献本。資料として活用している実用書、写真集。ボキャブラリーや知識の乏しいぼくをいつも助けてくれる、辞書、事典の数々。そして、デビュー作から最新作まで、自分が世に出してきた本。どれも大切な本ばかりであるけれど、どちらかというと大工の道具箱みたいなものだ。B&Yの本棚とは、見た目から違う。比べるものではないけれど、あの圧倒されるようなドゥリトル先生の本棚を、うらやんでいる自分がいる。

パソコン画面にぼくは目をもどした。小説に出てくる登場人物は、自分の分身みたいなところがあるが、ヒーローにする場合は、もちろん自分を超えた人間にしなくてはならない。そのようにすごい人物を描いていると、ときに自分をどんどん追い越していく主人公に、筆が追いつかなくなることがある。生み出したのは自分なのに、おいてけぼりにされているような感覚で、ちょっと寂しい。

先生に影響されて、歌奈にアドバイスをしてしまったときにも、それに近い感覚を味わった。自分がいるようで、いないような。現実の世界でそれが起きるとは、複雑だ。B&Yに足が向かないのもしかたない。

しかし、カフェで仕事をする習慣がついてしまったから、週の後半には、早くも外の空気が吸いたくなった。他のカフェにでも行ってみるかと、近所の店を検索したが、改めて、あんなにのびのび仕事ができるカフェなどないことを知った。画像で見るスイーツも、いまいちだ。悩んだあげく、とりあえず図書館の休憩室にパソコンを持ち込み、そこで仕事をすることにした。

利用者が少ない時間帯だし、数時間ならば叱られないだろうと思って、丸テーブルでノートパソコンをこそこそと開いていると、

「ダメですよ」

と言われて、ぼくはびっくりしてパソコンから顔をあげた。

「すみません、ちょっとだけ調べものを――」

と謝りながら相手を見ると、さくらちゃんだった。わざと声色《こわいろ》を変えていた彼女は、ぼくの驚きようを見て笑っている。

「なんだ、さくらちゃんか」

「やっぱり、いた」

さくらちゃんは、ぼくがカフェに現れないので、図書館にいないか来て探していたのだと言う。

「なんか用事?」

と言ってから、あっ、と思い出した。

「『ふたりはともだち』を借りっぱなしだ!」

彼女は不機嫌な顔で、うなずいた。

「わたし、さとうさんの住んでるところも、電話番号も知らないし」

ぼくは小さな女の子に平謝りした。

「そうだよね! 申し訳ない! 今から帰って取ってくる」

と、立ち上がると、さくらちゃんは、ぼくの服を引っぱってそれを止めた。

「本は、いいの！　今日じゃなくても。でも……今からカフェに来て」

さくらちゃんは、深刻な表情で言った。

「今週は、小暮さんも旅行に行ってるし。仲良しの人が誰も来なくて、ドリトル先生がかわいそうなの。だから来て」

カフェに行きたくないぼくは、その頼みには躊躇《ちゅうちょ》した。

「それが、ちょっと……仕事があって」

と、断ろうとすると、さくらちゃんが、ぼくのノートパソコンを、バンッ！　と勝手に閉じた。

「な、なにすんの！　壊れるでしょ！」

と、ぼくは怒ったが、さくらちゃんは動じず、

「とにかく来てっ！」

と、ぼくを睨みつけた。

「……はい」

しかたなく、ぼくはノートパソコンをデイパックにしまって、彼女に追い立てられるように図書館を出た。

さくらちゃんに背中を押されてカフェに入ると、カウンターの中で作業をしている先生は、俯きかげんでこちらを見ずに、

「いらっしゃいませ」

いつになく小さい声で言った。

「先生、こんにちは」

と声をかけると、彼はぼくだと気づいて顔を上げたが、その顔を見て、

「どうしたんですか⁉」

ぼくは思わず叫んだ。左の目の下が赤く腫れていて、目も完全には開いていない。

「見たとおりです。殴られたんです」

「強盗？」

先生は、首をよこにふった。

「じゃ、誰に？」

先生が黙っていると、代わりにさくらちゃんが、

「ヘンリー」

と教えた。

「ヘンリーにぃ？」

ぼくはまた驚いた。先生は、しっと指を立てて、他の客に聞こえないよう小さな声で言った。

「ぼくが、悪いんです」

「でも、なんで?」

先生は、腫れてる目に手をやった。

「昨日、またやってきて、誰と話しても話が合わないし、自分はどこに行っても浮いてしまうと、ぐたぐた言うから。例の『ふたりはともだち』を渡して、話をしたんです」

「そしたら?」

「『自分はガキじゃない。こんなもんで何度も説教するな』と」

「で、殴られた?」

「いえ。最初はそう言ってたんですけど。ぼくの話を聞いているうちに納得してくれて。『そうなんだよ』って、自分に自信がないことを認めましたよ」

「なのに、殴られた?」

「いや、そこでやめておけばよかったんですが、調子にのって、ぼくが言い過ぎてしまって」

「なにを言ったんですか?」

「日本を甘く見ちゃいけないよ、と。『ここは少年リーグでもないし、簡単には自信をつけてはくれないよ』と。ぼくは、他人に自信をつけてもらうんじゃだめだ、という意味で言ったんだけど」

はあ、と日本人として複雑な気持ちでぼくは返した。

「そしたら、ヘンリーが怒りだして。そんなつもりで来たわけじゃないと。『ぼくは日本人をリスペクトしてる。おまえの方がよっぽど偉そうだ！　わざわざ英語の本をこんなに並べて、説教して。勘違いして悦に入ってるのは、おまえだろ！』と言われて。ぼくも、ついカッとして」

「先生が？」

先生はグーの手をよこに振る仕草をぼくに見せた。

「先生が先に？」

ぼくは、口を開けて驚いた。

「で、ヘンリーにやり返された」

と、先生は自分の顔を指した。

「ちなみにヘンリーはぼくより重傷で、上で寝てます」

と、上を指した。

「……なに、やってんですか」

ぼくは先生に言った。さくらちゃんも、ぼくのよこで聞いていたが、

「お店に、誰も来ないからだよ」

と、微妙なフォローを入れた。すると、先生が腫れている目でぼくを見た。

「ええ。あなたが、そこに座ってくれてたら、こんなことには、ならなかったと思います」

と、ちょっと恨みがましく言った。

「えっ、ぼくのせい？　たかが三、四日、来なかっただけで？」

理不尽なことを言われ、ぼくはまた呆《あき》れた。先生はいつになく、自信のない表情で言い訳した。

「ぼくのお気に入りのお客さんが、みんな来なくなったんで……。妙にヘンリーの言葉が刺さってしまったんです。自分は、そんなに偉そうなのかなと」

「確かに、偉そうだけど……」

と言いかけて、ぼくは言い方を変えた。

「ドリトル先生なんだから、偉そうなのはいいんじゃないの？」

先生は、ちょっと不安げだ。

「ほら、おれは間違ってないだろ」

と声がして、階段を下りてきたヘンリーが、厨房を通って店に出てきた。

「そんなに、重傷には見えないけど？」

殴られた痕のようなものは見当たらない彼の美しい顔を見て、ぼくは聞いた。

「重傷ですよ。見てください」

ヘンリーは着ているライトブルーのTシャツの胸の辺りを指した。紫色の大きな染みがある。

「これは去年亡くなったおばあちゃんが、最後にくれたバースデープレゼントなんです。おまえはブルーが似合うと言って」

ヘンリーは、泣きそうな表情で言った。

「そのシャツに、トムがジャムを……」

「ちょうどコケモモのジャムを、スプーンで容器に移していたところで……」

と先生は、再びグーの手をよこに振る仕草をした。

「えっ？　殴ったんじゃなくて、ジャム？　スプーンで？」

「うちのジャムは濃厚なので、ピュンと飛んで、見事に彼の胸のど真ん中に……ヒット」

先生は、笑みを噛み殺しながら言った。ヘンリーはフラッシュバックしたのか目頭をおさえていたが、

「胸に赤いものが炸裂《さくれつ》して、一瞬撃たれたかと思ったよ！　ひどくないですか？　こんな侮辱的な暴力を受けたのは初めてだ」

　と訴えた。先生も反省はしている様子だが、ジャッジを求めるかのように、二人はぼくを見た。

「いい大人が、なにやってんの」

　呆れているぼくは、そう言うしかなかったが、思わず吹き出した。先生とヘンリーが、まさにかえるくんとがまくんに見えてしまったからだ。

「なに笑ってるんですか」

　と言う先生も笑っているので、よけい笑いが止まらない。

「そんな、面白いケンカを見れなかったと思うと……残念で。そこにいても、止めなかったと思いますよ」

　しかし、肩を落としてカウンター席に座っているヘンリーは笑っていない。先生の顔の腫れをちらっと見て、

「いや、止めてほしかったです。暴力に、暴力で返しちゃいけない」

　と、反省している。

「なかなか、いいパンチだったよ」

先生は笑って言うが、

「人を殴ったのは初めてです」

と殴った方が、しょぼくれている。

「トムを殴りたかったんじゃなくて、殴りたかったのは、たぶん自分だ」

先生は、うなずいた。

「よく、わかったね。人を殴るということは、自分にムカついている、ということなんだよ」

ヘンリーは先生を見上げた。

「わかってるんだ。自分がダメダメだ、ってことは」

そして、開き直ったように言った。

「でも、That's who I am」

青い目のヘンリーも、少しがまくんみたいになれたなと、ぼくは思った。

「ちょっとホッとしたというか」

ぼくはいつもの席に落ち着くと言った。数日、来なかっただけなのに、とても久しぶりな気がした。先生も微笑みながら、ぼくの注文したコーヒーをドリップしている。さくらちゃ

んは、

「シミがよく落ちる洗剤あるから、持ってきてあげる！」

と出て行って、ヘンリーはTシャツを着替えるために、二階に上がっていった。

「先生も、人間なんだな、って思いましたよ」

先生はこちらを見ないで返した。

「物語のドリトル先生も、実は血の気が多いし、キレたりしてますよ」

ヘンな言い訳だが、確かに物語の中でドリトル先生は、必要とあれば、学者の衣を脱ぎ捨てて戦う。未開の島で先住民と戦い、王様になってしまったり、そこそこインディ・ジョーンズなみのヒーローに描かれているが、血の気はときに必要だと、ぼくも思う。

「皆に言ってることは、もちろん、自分に言ってることなんです。すべて」

先生は、ドリップケトルの湯をドリッパーに静かにまわし入れながら謙虚に言う。ぼくは共感して、

「わかります。ぼくも作品の中で語っていることは、自分に言ってることで……」

と、うっかり口を滑らせて、慌ててそれを閉じた。

「作品？」

さすが、言葉に敏感な先生は手を止めて、こちらを見た。

なんと言ってごまかそうか、倍速で頭を回転させて考えていると、店の扉が開く音がした。

いいタイミングでさくらちゃんが帰ってきてくれた――。

「こんにちは。ごぶさたし……やだ、ドリトル先生！　どうしたのその顔？」

さくらちゃんではなく女性の声だった。が、その声にぼくの表情は固まった。

今日は、金曜日だ！

と、気づいたところで、すべては遅かった。

第五話

賢い夫婦

―『賢者の贈り物』―

「歌奈さん、いらっしゃい！　どうしたかなぁ、と思ってたんだよ！」

先生の明るい声が店内に響いた。

入口に背を向けて座っているぼくは、もちろん今から隠れるなんてことはできないとわかっていた。歌奈は、店に入ってくると、ぼくのよこを通り過ぎた。おそらく先生の顔しか見てないので、ぼくにはまだ気づいていない。彼女は足早にカウンターに寄ると、

「誰かに殴られたの？　もしかして、強盗？」

ぼくと同じことを言っている。

「うちわもめです」

と、先生は笑って返した。

「うちわもめって、先生が？」

信じられないというような声で歌奈は話している。

「私が来てない間に、なにが――」

そして、カウンターの席に座ろうとした。と同時に、見慣れない客がよこのテーブルにい

ることに気づいた。

でも、それは非常に見慣れている男でもあり、歌奈の目がこれ以上ないぐらい大きく見開かれた。

「え……」

明らかに、ぼくより彼女の方が驚いていた。数時間前に、「行ってきます」と言った相手であるのに、何十年ぶりに遭った人を見るかのような表情だった。

ぼくも言葉を発することができず、ただ彼女を見返した。けれど、ぼくの驚きは、もう消えていた。このような最悪の事態がいつかは起きると、どこかで予想していたこともある。ついに、そのときが来てしまったが、これで自分の秘密の行動にも終止符が打たれたことに、少し安堵している自分がいた。

今日、帰ったら、尾行したことも含め、全てを打ち明けなくてはいけないと覚悟しながらも、どこかでホッとしていた。逃亡犯が捕まったときに、もう逃げなくていいのだと、むしろホッとすると言うが、それに近い気持ちかもしれない。

しかし歌奈の方は、どうだかわからない。その表情から、彼女も色々と思いをめぐらしているのは、見てわかった。すると、にわかに彼女の表情が変わり、微かにうなずいたのが見てとれた。合点がいったような表情だった。おそらく、ぼくが「図書館に行っている」と言って、実はここに通っていたのだと、気づいたに違いない。

もちろんドゥリトル先生も、ぼくたちの様子がおかしいのを見て、ただならぬものを感じているに違いない。歌奈が入ってきたときの嬉しそうな笑顔はすでに消えていた。先生もまた安易に言葉を発せないでいるようだった。そのとき、

「ただいまー」

と、さくらちゃんが洗剤を抱えて帰ってきた。彼女は、すぐに歌奈に気づいて、

「わっ！　先生が待ってる人が、今日はみんな来た」

とすぐさま反応して、ぼくに丁寧に教えてくれた。

「さとうさん、金曜のじょーれんさん、ってこのひとだよ」

歌奈は、「さとうさん」と呼ばれたぼくを再び驚いたように見た。彼女はこれで、だいたいのことが把握できただろう。

先生の視線を感じて、ぼくは彼を見た。今にも言葉を発しそうな先生に、ここは自分が先に動かなくてはと、ぼくは思った。ぼくが、どうにかしなきゃ、二人にそれを委《ゆだ》ねてはいけないと、立ち上がった。

「先生」

と、ぼくは努めて普段の口調で言った。

「ちょっと急用を、思い出したので、帰ります。淹れてくれているそのコーヒーは、よかったら彼女に。さっきからずっとぼくの顔を見てるから、たぶん……誰かとぼくのことを勘違いなさっているんだと思うんです。ぼくは、彼女を存じ上げないので」

歌奈は、ちょっと驚いた表情になったが、ありがたいことに黙ってくれている。

「よくある顔なんで、こういうことよくあるんです」

先生も黙っているが、ぼくは、さくらちゃんに、

「『ふたりはともだち』は、必ず返すからね」

と約束して、荷物をまとめた。そして、

「じゃ、また来まーす」

と表情明るく、店を出た。

演技が上手いかはわからないが、これがぼくにできる精一杯だった。あのように言えば、歌奈も、勘違いだったとごまかせる。ちょっと苦しいかもしれないが、ぼくのことを夫だと明かさずにすむだろう。自転車を漕ぎながら、ぼくは呟いた。

「さて」

これからどういうことになるか。煙が出てくるとわかっている玉手箱を前にしたような気分だ。あまり考えたくないが、

「……もう二度と、あのカフェには行けないな」

それだけは確かだった。


家にもどったぼくは、歌奈が帰って来ないのではないかと心配したが、いつもと変わらない時間に彼女は帰ってきた。

「ただいま」

と、彼女はいつもと同じように、バッグを床に置くと言った。

「おかえり」

リビングのソファーに座って、消えているテレビの黒い画面を見つめていたぼくは、聞こえるかわからないぐらいの声で返した。でも、彼女が帰ってきたことに、少し安堵して、

「さすがに、ご飯と味噌汁は、作れなかった」

と、続けることができた。

「ほんと。驚いた」

と歌奈は、ぼくのよこに並んで座った。

「色々と、話さなきゃいけないことがある」

さすがに彼女の顔を見ることはできなかった。向こうもこっちを見られない感じではあっ

た。

「私こそ」

　ぼくたちは無言でいたが、

「……でも、お腹は、空いてるよね？」

　歌奈がスマホを取り上げた。

「ウーバーって、こういうときに、使うものじゃない？」

　元気のない声ではあるが、デリバリーサービスを検索し始めた。

「なに系がいい？　中華？　ピザ？」

「……なんでも」

「なんでも……」

「……カレー、とか？」

「あ、いいね」

　彼女は画面を見つめ、店を探している。

「ひとつだけ、いいことがある」

　ぼくは、呟くように言った。

「先生にもらったスコーンは、これから家で食べれる」

ぼくの冗談に、歌奈はこちらを見た。そして、うなずいた。

「私も、ずっとお持ち帰りしたかった」

ぼくたちは微笑みあったけれど、互いにようやっと作っている笑みであることに変わりはなかった。

「なんで……こんなもの注文しちゃったんだろ？」

デリバリーで届いたインドカレーには、枕みたいにデカいナンが付いていて、三分の一も食べられずに、ぼくはギブアップした。

「それは、ダジャレ？」

元気なくツッコむ歌奈も、ほとんどそれを食べていない。結局、二人とも食欲などなかったということだ。いつものようにダイニングテーブルで向き合っているぼくたちは、しばらく沈黙していた。

「なんで」

ぼくはナンから歌奈に視線をやった。

「なんで、あのカフェにぼくがいたかを、説明するよ」

大きく息を吸って、法廷に立たされている被告人のような気分で始めた。

「数か月前に、きみに用事があって事務所に電話をかけたんだよ。そしたらお義父さんに、金曜は事務所に来てないと言われた」

するると、歌奈がうなずいた。

「知ってる。お父さんから聞いた」

「えっ」

とぼくは驚いて、歌奈を見た。

「だから、なんで」

と歌奈は、ぼくを見ないで言った。

「なんで、私が金曜にどこに行ってるか、聞いてこないんだろうと思ってた。べつに興味ないのかなって」

ぼくは、言葉が出なかった。

「でも、その電話があったことを聞いたのは最近で。もう、カフェには行ってないから……まあ、いいかって」

歌奈は無理にちょっと微笑んだ。

「なんでって」

ぼくは、ようやく声をしぼり出した。

「なんで聞かなかったか、って……聞けなかったんだよ！」

感情が湧き上がってくるのがわかった。さっきまでは、慎重に言葉を選んで話さなければと思っていたけれど、もうその余裕はなかった。

「だから、尾行したんだ、きみを。どこに行ってるか知りたくて、出かけていくきみを尾行したんだよ。それで、あのカフェのことも知った」

歌奈は、目を大きく見開いた。

「尾行？　私を？」

もちろん笑ってなどいない。他人を見るような彼女の表情に、これはもう離婚だな、とぼくは覚悟した。

「ほんとに？　あなたが？」

ぼくは、うなだれるようにうなずいた。

「それは……知らなかった」

歌奈は、ショックを隠せず、椅子の背にもたれた。

「お父さんからカフェのことを聞いたんだとばっかり……」

ぼくは深く頭を下げた。

「ごめん。きみに聞くのが……怖かった。だけど、金曜になにをしてるのか、知りたくて。

きみが、あのカフェに入っていくのを、公園の茂みに隠れて見てた」

別れるのは秒読みかもしれない人に、ぼくはしばらく頭を下げていた。謝るときに頭を下げるのは、相手の顔を見たくないからなんだと、今さら知った。

歌奈は黙っている。言葉はなくとも彼女の複雑な思いが、カレーの香りと一緒に空気で伝わってくる。ぼくの方は、全てを告白してしまった今、脱力状態だったが、逆にもう怖いものはなかった。ぼくはゆっくりと頭を上げた。

「でも、なんで」

もう失うものがないということは、聞けなかったことを聞けるということだ。

「なんで、あのカフェのことを、ぼくに黙っていたの？」

今度は、歌奈が証言台に立つ番だった。

「あの、外国みたいな匂いのするブックカフェと、ドリトル先生のことを、なんでぼくに話してくれなかったの？」

彼女はこちらを真っ直ぐに見ている。ぼくみたいに動揺せず、堂々としていてカッコよかった。それを話す覚悟はすでにできていたようだ。

「なんで」

歌奈は口を開いた。

「なんでかは、一言で言うのは難しい。だから、どうして、あのカフェに行くようになったかを話すのがいいと思う」

そう言って、ぼくにその経緯を話し始めた。聞きたくないようで、とても聞きたい。また も矛盾した気持ちで彼女の話に耳を傾けることになった。


そもそもは一年ほど前、繁忙期に事務所を手伝いに来てくれていた税理士資格を持つ木村さんが、子供が大きくなって、金曜は常駐してくれるようになったところから話は始まる。

木村さんがいるようになって、その曜日は歌奈のやることも少なくなったそうだ。

「お父さんから言われたわけじゃないんだけど、自分から金曜は行かないことにしたの。木村さんのお給料もけっこう高いし、大変だろうから。その日だけ、私は他でパートでも探そうと思って」

歌奈はそれを含めて、ぼくに相談しようと思ったが、そのときはぼくがちょうど小説と映画脚本、両方の執筆を抱えていて、かなり忙しそうだったという。

「それにあなたのことだから、相談したら、『無理して金曜は働かなくていいじゃん』って言うだろうと思って。新しいパート先を見つけておいてから話そうと」

ところが、ここから彼女の物語も、想像していなかった方向へと進んでいく。

「事務所のある駅の辺りで、パートの募集がないか、お店とか見てまわったんだけど。週に一日だけっていうのはあまりなくて。歩き回ったあげくあの公園に行き着いて、休憩がてらスマホで求人サイトを見てたの。そしたら雨がぱらついてきて」

傘は持っていたが、歌奈はとりあえず東屋《あずまや》の下に避難したそうだ。そこで引き続きスマホを見ていると、通りがかりの年配の男性に、

「この先に、雨宿りにいいカフェがあるよ」

と声をかけられたそうだ。あ、どうも、と一応返して、歌奈はまたスマホを見ていた。

すると、今度は紫色の髪のおばあちゃんが通りがかって、

「あなた、よかったらカフェがあるわよ、あっちに」

と、また声をかけられたそうだ。ありがとうございます、と歌奈はまた返して、引き続きスマホを見ていた。

そうしたら今度は、小学生ぐらいの女の子が、手ぶらでこちらにやってきて、歌奈の目の前を過ぎると、老人二人が指した方向へと足早に去っていったという。

「カフェ……」

さすがに、なにかに呼ばれているような気がして、歌奈は立ち上がると、老人二人と女の子が消えた方向へと歩き出していた。そして、公園を出たところにカフェ、B&Yを見つけ

たのだった。

「もしかしたら神さまが、ここで働け、って言ってくれたんじゃないか、って思ったの」

歌奈はそのようにぼくに言って、ちょっと笑った。

「でも、お店に一歩入って、びっくりした。あなたが言ったみたいに、そこは外国だったから」

まったく同じ印象を彼女も受けたようだった。

「ますます、ここで働きたい、って思っちゃった」

歌奈が店に入っていくと、紫色の髪のおばあちゃんがいて、来た来た！　と嬉しげに彼女を迎えたそうだ。

「今、あなたのことを話してたのよ。来ないかしら？　って」

「いらっしゃいませ。東屋よりはいいと思いますよ、ここの方が」

外国人の顔立ちなのにネイティブな日本語をしゃべる店主も、笑顔で彼女を迎え入れた。

店内の雰囲気に驚きながら、歌奈は、ぼくと同様に勧められて、淹れたてのコーヒーと絶品スコーンを味わった。

「でも、人を雇う余裕なんてこの店にはないと、すぐわかった」

店内にいるのは、歌奈をカフェに誘導した、新聞を読んでいる年配の男性と、紫色の髪のおばあちゃん、そして女の子の三人だけ。メニューを見ても、いまどき良心的すぎる値段。

「上が住居だし、道楽でやってるとしか思えなかった」

それでも、ダメもとで聞いてみようと歌奈は思って、店主と話すチャンスをうかがいながら本棚などをながめていると、彼の方から声をかけてきたという。

「本は、お好きですか？」

と。歌奈はその問いに、

「ええ。好き――」

――です、と返そうとしたが、ふとあることを思って口からは、

「でした」

と、出ていたという。あることとは、ぼくのことだった。彼女は続けて、夫が作家であることを話そうと思ったらしい。子供の頃から本は「好き」だったけれども、結婚した相手が本を作る側の人間だったもんだから、物語を書く苦労や、裏側をよこで見ていると、本が好きと、無邪気に言えなくなってしまったと。そのように言うつもりでわざと「でした」と先に言ったそうだ。

ところが、歌奈がそれを言う前に、間髪《かんはつ》をいれずに店主は、

「じゃあ、また好きになってください」

彼女の目を見つめて言ったという。

「このカフェで」

店主の真摯な表情に、歌奈は、その後の話ができなくなってしまった。

「ここには英語の本しかないですが、見るだけで楽しめる画集や絵本もありますし、図書館で借りてきた本でも、なんでも持ってきて、コーヒー一杯で何時間でも本を読んでください」

ドリトル先生と皆に呼ばれている店主に熱く言われて、歌奈が返せた言葉は、

「そうですね」

だった。

翌週の金曜日、歌奈はパートを探しつつ、言われたように図書館で借りた本を持ってカフェに行った。不思議なもので、そのカフェで本を読み始めると、あることに気づいたという。

「あなたのせいに、してるわけじゃないからね」

歌奈は、前置きをして打ち明けた。

「あなたといることで、いつの間にか私まで作り手側の目線で、すごく客観的に本を読むようになっている、ってことに気づいたの。子供の頃のように、本の世界に入って、主人公と一緒になって楽しむってことを忘れてたな、って」

小暮さんや、さくらちゃん、そして先生のように、純粋に本が好きな人たちとブックカフェで本の話をしているうちに、その楽しさを思い出したという。

「私は、作家でも書評家でもないのにね。それも感じていて『好き、でした』と、言ったのかも」

カフェでなら、夫のぼくに合わせたり、気兼ねすることなく本が読める。ぼくが眉をひそめるような本や、逆に絶賛して結末まで語ってしまうような本も、自由に書店や図書館で選び、のんびりとコーヒーを飲みながら没頭して読めることに、正直、歌奈はとても解放感をおぼえたという。

「何度も言うけど、あなたのせいじゃないのよ。私の問題。友だちは、ダンナが有名店のシェフだけど、百円のレトルトカレーを美味いと言って彼の前で食べれるって」

そもそも本が好きで、ぼくと知り合ったような彼女だ。極めすぎたのかもしれないが、カフェB&Yで原点にもどり、ドゥリトル先生の言葉どおりに「また本が好きになった」のだった。

歌奈は、パートが見つかるまで、と思いながら金曜にはカフェに通うようになり、ぼくにはそのことを明かせないでいた。その理由は言うまでもない。ぼくがそのカフェに一緒に行きたいとでも言ったら、彼女のサンクチュアリが壊れてしまうからだ。そのうち、歌奈はパートを探すこともしなくなった。

「お父さんと木村さんが、あまりコミュニケーションがとれないことがわかってきて。たぶん、また金曜も事務所に行くことになるだろうと。だから、それまでは楽しんでカフェに通おうと思ったの」

案の定、木村さんが辞めることになって、歌奈はカフェに行けなくなったわけだ。

「でも、行けなくなって……ちょっとホッとしたところもあった」

歌奈の告白は、こんな言葉で締めくくられた。

「あなたに、秘密にしてたから」

ぼくの中の矛盾した感情はすっかり消えていた、もうこちらから聞くこともなかった。

「ありがとう。話してくれて」

妻の目を見て、本心からそう言った。

「いい話だったよ。きみは、作家になれるよ」

彼女は首をよこにふった。ぼくはちょっと黙っていたけれど、苦笑した。

「それに引き換え、ぼくの話は酷い。尾行だけじゃない。きみの秘密を探ろうと思って通っているうちに、すっかり、あのカフェに魅了されてた……」

歌奈は、ぼくのことを見つめていたが、

「尾行したって聞いて、私にそのぐらい関心を持ってくれていたんだって、ちょっと意外だった」

と、こういうときには嘘をつかない歌奈は言った。

「でも、あなたらしいというか。尾行をしていても……私のことを見ていないのよね」

ぼくは胸を刺されたような感覚をおぼえた。

「見ていても、広角レンズなの。突っ込んではこない傍観者で、作家という神の視点で現実世界も見ている」

なにも、言葉を返すことができなかった。

「あなたなりに私のことを考えてくれてるんだけど。ここにいるようで、ここにはいないの」

責めているような口調ではなかった。ぼくという人間をよく知っているからこその諦め感が入っている。謝るべきなのは、尾行をしたことではない。ぼくという人間は、尾行よりも彼女に酷いことをしている。

「ごめん」

謝るべきなのはそこなのだ。

「そう、ぼくは、たぶん自分の頭の中に住んでいる……。でも、それが、ぼくなんだ」

歌奈は、知ってる、というように小さくうなずいて、それ以上はなにも言わなかった。

歌奈は、冷えたナンに手をのばした。

「さっきもカフェで、私のことを考えてごまかしてくれたけど……」

歌奈は、ナンを食べるでもなく小さくちぎりながら言った。

「ドリトル先生には、あなたのこと、夫だって、話した。カフェに来てることを隠してたことも。ごまかせる人じゃないから」

ぼくは無言で、うなずいた。

「あんまり、驚いてなかった。なにも言わなかったけど」

歌奈とぼく、二人の謎の客が結びつき、先生も、合点がいったのだろう。

「先生の話に出てくる『佐藤さん』が、あなただったとは……」

歌奈は、推理小説のトリックに騙された読者のように言った。

「気づかなかった」

でも、それを喜ぶような気分にはなれなかった。

「みんなを騙して、申し訳ない」

そういう気持ちしかない。

「それは私も同罪。私が発端なんだから、私のせいよ」

告白を終えたぼくたちは、申し合わせたように、冷めきったカレーを無言で食べ始めた。が、手を止めて、沈黙をやぶったのはぼくだった。

「先生は……きみのことが、好きだよ」

なんで言ってしまったのかは、ぼくもわからない。衝動に近かった。でも、言いたかったことだった。

「先生は、佐藤さんのことも好きよ」

歌奈は、大きな意味に取らなかったのか、もしくはごまかしたのか、そう返した。

「うん。ぼくも先生が好きだ」

ぼくは歌奈の目を見た。

先生のヘーゼルの瞳に比べれば、若干暗い色ではあるが、日本人にしては透明感のある、褐色の歌奈の瞳。ぼくがなぜ、妻の浮気相手かもしれない男と仲良くなれたのか。これも理由の一つだ。歌奈と先生は、とても似ている。

「きみは……」

歌奈にも、異国の血が流れている。その独特の雰囲気、人柄に、ぼくは出会ったときから魅了されてきた。その血は四分の一であっても、彼女もB&Y、二色の目を持つ人なのだ。

「なに？」

と、歌奈が聞き返す。

きみは？　きみは、先生のことが好き？

「いや……なんでもない」

さすがの傍観者も、それだけは聞けなかった。

罰《ばち》というのは、こういう形で返ってくるのだろう。妻を疑ったことで、自分がストーカーよりも酷い代物であると、知ることになった。わかっちゃいたけど、逃げられない診断を下された気分だ。

落ち込んでいるぼくを、歌奈はむしろ気づかって、普通に接してくれている。このまま、何事もなかったかのようにいつもの生活にもどっていくのかもしれないし、歌奈がなにかアクションを起こすかもしれない。

歌奈は、月曜日になると、いつものように仕事に出かけて行った。そして帰ってくると、事務所で新しく雇うことが決まった男性は、義父とも歳が近く、うまくやっていけそうでホッとしていると報告した。

「最初が肝心だから、私を介さないでコミュニケーション取れるようにしないと」

あえて二人きりにさせると言って、水曜日も、金曜日も、歌奈は出かけずに家にいた。ぼくも、どこにも行かずに、自分の部屋で仕事をする生活にもどった。

週末も部屋にこもっていたが、相変わらず執筆ははかどらない。安楽椅子に座ってぼんやりとしていると、忘れ置かれている緑色の絵本が視界に入った。

「いっけない、忘れてた！」

さくらちゃんに借りた『ふたりはともだち』だ。これだけは、返さなくてはいけない。

「でも、カフェには行けないし。と、なるとあとは」

ぼくは椅子から起き上がり、それを持って部屋を出ると、

「図書館に、行ってきます。……嘘じゃなくて、本当に図書館」

歌奈にそう言って、出かけた。

日曜の図書館は人が多かったけれど、ぼくは休憩室で来るかもわからないさくらちゃんを待った。日曜だから彼女が来る可能性は、よけいないかなと思い始めたが、久しぶりに外に出て、少し気分が晴れた。パソコンを持ってこなかったことを後悔した。外で仕事をする方が本当にらくになってしまったようだ。ぼくは椅子の一つを占領して、仕事をするでもなく、本を読むでもなく、引き続きぼんやりと過ごした。

ぼくのよこで、同じぐらいの歳の男性が、小学生の息子と本を読んでいるのを見て、こんな自分には子供がいなくて正解だったのかもしれない、と思った。もし自分に子供がいて、その子が誘拐されたとしても、ぼくは誘拐犯の方に興味を持ってしまって、子供を救出することを忘れてしまうかもしれない。ぼくの精子は、実はぼくよりそれを知っていて、こいつは家族を幸せにできないから……と、向かうべきところに行かず、自らくるっとUターンしたのかもしれない。

「なに、ひとりで笑ってるの。気持ちわるぃよ」

低い声に、ぼくは驚いて、そちらを見た。

「さくらちゃん！」

と、ぼくは会いたかった人に会えて、笑顔で手に持っていた本を差し出した。

「ごめんね！　返すって約束したのに、すっかり忘れ——」

と言いかけて、彼女の隣にいる人に気づき、もっと驚いた。

「ドゥリトル先生……」

いつもと印象が違う先生は、サッカーのコーチの帰りらしく、ジャージを着ていた。

「さくらちゃんが、カフェに来なくても、ぜったいここには来るというので」

「わたし、毎日、見に来てたんだよ」

大きな男と小さい女の子にはさまれて、もう逃げられないと、ぼくは観念した。でも違うのは服装だけで、先生の表情はいつもと変わらなかった。

「今日は定休日ですが、よかったら、いらっしゃいませんか？」

「カフェに、ですか？」

先生は、うなずいた。

「ええ。歌奈さんと一緒に」

ぼくは、黙って考えていたけれど、スマホを出した。

「連絡してみます。彼女も家で、ぼんやりしてると思います」

先生は、じゃ、行きましょう、と微笑んだ。

もう二度と来ることはないと思っていたカフェの、いつもの席にぼくは座っていた。歌奈は、ぼくが連絡すると、ためらうことなく、

「わかった。行きます」

と返して、三十分後には店にやってきた。彼女も店に入ってくると、真っ直ぐ自分の定席へと向かって、そこに座った。

「一緒のテーブルに座ったら？」

と、ジャージを着替えた先生に言われたが、ぼくたちは同時に首をよこにふった。

先生もそれ以上は言わず、ぼくを探す手伝いをしてくれたさくらちゃんに、まずはアイスココアを作ってあげて、それからぼくたちのためにコーヒーをドリップし始めた。

先生はスコーンも温めてくれて、歌奈の皿にだけ、それが三つのっていた。ずるいな、とちょっと思ったが口には出さなかった。

ぼくたちが無言でスコーンを食べ始めると、先生は、さくらちゃんに本棚を指して頼んだ。

「さくらちゃん。オー・ヘンリーの『The Gift of the Magi』を探してくれる？　絵本バージョンだから、Gのところにあるはず」

さくらちゃんは、すぐに探しには行かず、

「オ、ヘンリのギフト……？」

と、呟いている。先生は教えた。

「日本語だと、『賢者の贈り物』」

「それなら知ってる！」

さくらちゃんは、うさぎのように飛んで本棚のところに行くと、一冊の本と一緒にもどってきた。

表紙には、腰よりも長い亜麻色の髪をなびかせている美しい女性がとても繊細な水彩で描かれていて、『The Gift of the Magi』とタイトルがある。先生はそれを受け取ると、歌奈に渡した。

「きれいな、絵本……」

歌奈はうっとりとその表紙を見つめてから、本を開いた。

「これって、かわいそうなお話だよね？」

と、さくらちゃんに問われた先生は、

「よく知ってるね。どういうお話か、教えてくれる？」

さくらちゃんにお願いした。

「いいよ！　えっと、えっとね──」

オーダーを受けて、彼女は嬉しそうに話し始めた。

「あのね、貧しい夫婦がいてね、クリスマスなんだけど、プレゼントを買うお金がないの。奥さんは、だんなさんが時計は持っているけど鎖がなくて使えないでいるから、鎖を買ってあげたいと思うの。それで、自分の長くてきれいな髪を切って、売るの。そのお金で鎖を買うの」

息つぎをして、さくらちゃんは続けた。

「でもね。だんなさんも、奥さんがいつも、お店のショーウインドーにある、髪を飾るべっこうの櫛を欲しそうに見ているのを知ってて、クリスマスにそれをプレゼントしたいと思ってるの。でも、お金がないから自分の時計を質屋さんに入れて、そのお金でその櫛を買うの。それで、奥さんが喜ぶだろうと思ってお家に帰るんだけど」

さくらちゃんは、ここで悲しげに一瞬溜めた。

「……奥さんは男の人みたいな髪になってて、櫛を挿す長い髪はないの。奥さんは、だんなさんのために買った鎖を見せて、髪を売ったことを話すの。でも、それを付ける旦那さんの時計もないの。そういうお話」

ぼくと歌奈は、じっとさくらちゃんの話を聞いていた。よく知っている話だけれど、さくらちゃんが真剣に語ってくれると、胸にくるものがあった。

「そうだね。そういうお話」

先生は、ぼくと歌奈の中間に椅子を持ってきて座った。

「さくらちゃんが言うとおり、かわいそうなお話だけど。クリスマスの贈り物は、それでいいんだよ、というお話でもある」

先生はさくらちゃんに言っているが、それはぼくたちに言っているのだとわかった。

「悲しいけれど、二人が、お互いに相手のことを思っているのが一番のプレゼントだ、ってこと」

歌奈は、髪を切って少年のようになっている妻、デラの挿画を見ている。本人は気づいていないかもしれないが、ショートカットの歌奈と、どこか似ている。

「あんまり相手のことを考えすぎてしまうと、こういう行き違いが、ときに起きてしまうんだよ」

先生の言葉に、歌奈とぼくの視線が合った。

「でも、それは悪いことじゃない」

ぼくらの他に誰もいない店で、先生の声は、やさしく響いた。

「むしろ良いことだと、この物語は最後に言っている」

この本が、ぼくたちへの処方箋であることはもうわかっていた。

「ご主人は、歌奈さんを心配して、ここに通っていた」

と先生は歌奈に言った。

「歌奈さんも、ご主人を気づかって、ここに来ていることを言えなかった」

と、ぼくを見た。

「それは、悪いことじゃない」

そして両手を広げた。

「そう思いませんか?」

ぼくと歌奈は、黙っていた。

「よかったらこれからも、歌奈さんは金曜に、ご主人は、べつの日にいらしてください。そして、たまには、二人で来てください」

先生はぼくたちの顔を交互に見た。

「私は」

歌奈が、先に口を開いた。

「来たいな。あなたは？」

ぼくに聞いた。

「ああ。ぼくも来たいよ、ここに。佐藤さん、として。たまに、きみの夫として」

先生は拝むように両手を合わせた。

「ああ、よかった！　スコーンが好きな客を、もう少しで二人も失うところだった」

大人の話をよこでじっと聞いていたさくらちゃんが、

「よかったね」

と先生に言った。先生は、さくらちゃんに返した。

「佐藤さんを見つけてくれて、ありがとう」

さくらちゃんは、ちょっと心配そうに先生を見上げた。

「これで、先生は、元気になる?」

先生は、うなずいた。

「ずっと元気だよ、ぼくは」

そして、すっと立ち上がった。

「じゃ、ここからは有料!　もう一杯コーヒーはどうですか?　裏メニューでもいいですよ」

先生に合わせて、ぼくも声を張って注文した。

「じゃ、テキトーなフラットホワイトを」

歌奈は、ぼくたちを見て微笑んでいた。

テキトーにしてはおいしすぎるフラットホワイトを味わい、さらにスコーンもお代わりしたぼくたちは、昔からの友だちのように、三人で雑談をした。

先生はぼくのペンネームを知りたがったが、ぼくは頑なにそれを拒否した。

「読書家の先生に、なにを言われるか。絶対に言わない」

「わからないですよ。ここの本棚に並ぶ、唯一の日本語の本になるかもしれない」

ぼくは、本棚を見やって、ぼくの著書があるところを想像したが、

「いや、ないな」

と首をよこにふった。さくらちゃんが本棚のところに行って、

「どこに入る？　ABCだとなに？」

と聞いてきたから、返した。

「その手にはのらないよ」

イニシャルぐらいいいじゃない、と先生が言うと、歌奈が、さくらちゃんの耳元でなにか囁いた。彼女はうなずいて、本棚に飛んで行って、

「ここだねっ」

そこに隙間を空けた。バレるのも時間の問題だろう。

「ぼくもね、縦書きでドキュメントを作る人は、そうそういないと思ってたんだよ」

と言う先生の表情は穏やかだった。

ぼくらのことを心配してくれたこと、休みの日に店を開けてもらったことに礼を言って、ぼくたちは店を出た。

並んで歩いて帰っていく問題ありの夫婦を、先生は、窓から見送っているのだろうか。後ろをふりかえって、それを確かめることは、ぼくにはできなかった。

「いい、カフェだ」

「ほんとに」

ぼくたちは公園の中を歩きながら話した。

「物語に出てくるような、店だね」

「私が見つけたのよ」

ちょっと自慢げに歌奈はそう返した。

ドゥリトル先生の今回の処方箋は、『賢者の贈り物』だった。今回は図書館に寄る必要はなかった。ぼくの本棚にも、その話を収めたオー・ヘンリーの作品集はある。大好きな作家の一人だから。

ぼくは久しぶりにその本を開いて、改めて『賢者の贈り物』を読んでみた。夫婦であるジムとデラが、どれだけ愛し合っているかを描くために、筆のほとんどを費やしている作品であるが、先生が言うように悲劇でありながらハッピーエンドで、爽やかな短編だ。

でも、よくできている話だなと思った。夫婦は、互いに自分の一番大切なものを売って、プレゼントを買う。その結果、せっかくのプレゼントは用のないものになる。

櫛をもらったのに、髪はない。

鎖をもらったのに、時計はない。

犠牲をはらったうえに、プレゼントまでが意味のないものになる。踏んだり蹴ったりじゃないかと思うが、得るものがない「犠牲」は、相手への愛情を表現するものとして最強であることは言うまでもない。人魚姫にしろタイタニックにしろ、物語の鉄板だ。最悪、愛している人のために自分が身をひくのだって「犠牲」だ。

先生がこの話を引っぱり出してきた気持ちはよくわかる。ぼくも、歌奈も、そして先生も……。相手のことを考えすぎて「犠牲大会」になっている。

でも、オー・ヘンリーは物語の最後で語っている。犠牲を払って贈り物をした二人、そして、使えない贈り物を受け取った二人は、誰よりも「賢い」と。だからの『賢者の贈り物』なのだと。悲しいけれどそれでいいのだと言ってくれている。ぼくは、ため息をついて、その短編集を閉じた。

ぼくと歌奈は、またカフェに通うようになった。先生が言うように、別々に。たまに二人で……は、まだない。

さくらちゃんは子供だからピンときていなかったが、小暮さんや吉野さんは、ぼくが妻の行動を探っていたヤバい夫だったと知ったなら、さすがに態度を変えるだろうと、最初はドキドキしてカフェにおもむいた。が、

「あら、ようやく来たわね」

カフェに入ってきた小暮さんは、ぼくの姿を店内に見つけると、笑顔で言った。

「悩める夫が」

カウンターの中からニヤッと笑う先生から、事情は全て聞いているようだった。ぼくは立ち上がり、彼女に謝った。

「佐藤って名前じゃないんです。嘘をついてて、すみませんでした。気持ち悪いやつと思われてるでしょう。でも……そういうことだったんです」

変なお詫びになってしまった。

「驚いたけど、驚かないわよ」

小暮さんは、はっきりとした口調で言った。ぼくは顔をあげた。

「だって、わけありの人ばかりだもの、このカフェに来るのは。もちろん私も含めて」

「小暮さんも？」

「そうよ。みんな知ってるけど、この建物は、昔は私の家だったのよ」

ぼくはびっくりして、カフェを見やった。

「そうなんですか？」

小暮さんは、天井を見上げてうなずいた。

「子育てが終わったと同時に、この家から飛び出したの。夫を捨てて。しばらく夫が一人で住んでたみたいだけど、引退するときに、仕事場の大学で仲良しだった先生に売ったみたい」

「安くしてくれましたよ」

先生は真顔で付け加えた。

「私の方は、新しい恋人と暮らし始めたら、また似たような感じになっちゃって、破局。独りが向いてるんだと、ようやくわかったわ。で、東京にもどってきたら」

小暮さんは、両手を広げてカフェのフロアを示した。

「先生が、素敵なカフェに改装していてね、驚いたわよ」

おれの手柄という感じで、先生は胸に手をやっている。

「この辺りは、やっぱりいいわ、と思って、また近所に独りで住み始めたの。無駄なことをしたわよね」

紫の髪をゆらして笑うおばあちゃんに、ぼくは聞いた。

「改装したとはいえ、ここに来て、辛かったことを思い出さないんですか？」

小暮さんは、うーん、とちょっと考えていたが、答えた。

「思い出すわよ。とはいえ夫がこだわって作った家だからね。でもね、この歳になると、嫌なことを思い出すのも、一つの楽しみなのよ」

「ヘンリーに言ってあげてください」

先生は言うが、彼もぼくも、まだその域に達するには時間がかかりそうだ。

「つまり、私も変態だから。佐藤さん、あまり気にしなくていいわよ。あなたを見てれば、通報するほどじゃないことは、なんとなくわかるから」

「複雑だけど、ホッとしました」

ぼくが返すと、カウンターで新聞を読んでいた吉野さんが、今度は口を開いた。

「いや、おれもそう思うよ。そもそも、奥さんがあんたに秘密でここに通ってるのが、いかんでしょ」

彼にも事情は伝わっているようだ。

「おれだって、妻のあとをつけるかもわからん」

吉野さんは、先生の方を見た。

「おれは、昭和の男だからね。先生と浮気してるんじゃないかって、店に入ったとたん、先生を一発、殴ってるかもね」

冗談だけど、と吉野さんは慌てて付け加えた。

「あ……それは……」

さすがに、ぼくは笑えず、どうリアクションしたものか困惑していると、

「殴られるのは、年に一度でいいです！」

先生が、いまだに痕が残っているヘンリーに殴られた左目を指した。

「あ、もう殴られてるか！」

吉野さんが言って、皆は笑った。ぼくも笑っていた。

「それとね」

小暮さんは、本日、自分が読む本を棚から選んで持ってきた。

「私たち本好きはね、知ってるの。作家という人が、どれだけ変態か、ってことを。そうじゃなきゃ、物語は面白くないわ」

彼女は、表紙を指でとんとん、とやった。

「……ありがとう、ございます」

その言葉は、ぼくを一番励ましてくれた。


「今日は、カフェに行きます」

歌奈も、そう言って金曜日は出かけるようになった。

「いってらっしゃい。先生によろしく」

そう言える自分がいて、なにかひとつ乗り越えたような気持ちになった。歌奈は歌奈で、なにか乗り越えたようだった。夫婦だから、それは言葉がなくとも伝わってきた。新しいなにかが始まったことも。それが、具体的なものになることを、ぼくはどこかで予想していた。

……していたけれど、思っていたよりも早く、歌奈からのアプローチがあった。

ある夜、いつものように向き合って夕飯を食べていると、歌奈が箸を置いて言った。

「私、留学しようと思うの」

味噌汁の椀を持ったまま、ぼくは動きを止めた。

「どこに？」

歌奈は、間を空けずに答えた。

「カナダ」

ぼくは、ちょっと黙っていたけれど返した。

「それは……ダジャレ？」

歌奈は、プッと吹き出した。

「ほんとだ、ダジャレだ。ぜんぜん気づかなかった」

でも、と彼女は真剣な表情でこちらを見た。

「冗談で、言ってるんじゃないよ」

わかってる、とぼくはうなずいた。

「きみは、ヘンなはったりや、嘘は言わない。ぼくと違って」

歌奈は、小さく息を吸って、話し始めた。

「前の仕事を辞めたときにも、ちょっと考えたりはしたの。一度は外国に長期滞在してみても、いいかなって」

そして、ぼくをじっと見た。

「このままあなたに、『居場所』と言われたときに、自分の居場所ってどこだろうと思ったの。もちろん、ここが私の居場所だけど、そういうことじゃなくて」

「わかるよ」

彼女に話をさせたくて、ぼくは言った。

「『もっと、自信を持った方がいい』とも、あなたは言ってくれた」

「ああ、言った」

「その二つの言葉が、思わせてくれたの。私の中に……」

歌奈は、ご飯が半分以上残っている自分の飯茶碗を見つめていた。

「まだ、私の中に、なにか可能性があるんじゃないか、って思わせてくれたの」

そう言って、ぼくの目を見た。その瞳は輝いていた。なんてきれいな目だろうと思った。

「だから、すごく感謝している」

ぼくはどんな顔をしているだろうと心配したが、そこまで酷い顔はしていなかったようで、彼女は続けた。

「お父さんの事務所に、私の居場所はあるようでないし、じゃあ、私を褒めてくれる木村さんのところかなとも考えたけど、そこも違うかなって」

歌奈の言うとおりだと、ぼくも思った。

「だったら、一年ぐらい、思い切って外国に行ってみようと。貯めてたお金を、使っちゃうことになるけど」

そしてぼくに問いかけた。

「どう、思う?」

ようやっと箸と椀を置いて、ぼくはそれに答えた。

「いいと思うよ。きみの持ってる可能性が広がるなら、ぼくも嬉しい」

歌奈は、本心をうかがうように夫をじっと見つめている。

「反対は、しない?」

ぼくはしばらく黙っていた。そして、言葉を押し出したものだから、ちょっとかれた声になった。

「しない、じゃなくて、できないよ。だって、ぼくがそう促したんだから」

歌奈は、だよね、と言うように小さくうなずいた。

「一緒に来てくれる？　向こうでも、仕事はできるでしょ？」

「ぼくも？」

今度は大きく歌奈はうなずいた。どこかで、このオファーがくるだろうと予想していたぼくは、準備ができていたから、わりと速やかに返せた。

「それは、どうかな。きみが、これだという居場所をひとりで見つけてから、ぼくはそこに行くよ」

歌奈は目を伏せて微笑んだ。

「そう言うと思った」

ぼくは、安心させるように彼女にうなずいて返した。

「大丈夫。自信を持ったらいいよ。きっと、なんかしら新しいきみが……『居場所』が、これだっていうものが、見つかると思う」

「ありがとう」

ぼくは首をよこにふった。感謝する必要はない。なぜなら、その言葉はぼくから生まれたものではなく、先生のものだから。ぼくは間に入って伝えただけだ。でも、伝えたことは賢いと、オー・ヘンリーには褒めてもらえるかな。

覚悟を決めたような表情に変わった歌奈に、ぼくはもう一度、うなずいた。

「いってらっしゃい。お土産はメープルシロップを一斗缶で買ってきて」

その言葉で空気が軽くなり、ぼくたちは、箸を取って食事を再開した。ぼくは改めて聞いた。

「でも、ダジャレじゃないなら、なんでカナダなの？　お祖母《ばあ》さんはフランス人だったよね？」

歌奈はそれに答えた。

「そのフランス人の祖母の妹が、バンクーバーにいるって、亡くなった母に昔聞いたのを思い出したの。最初は、旅行がてらその親戚を訪ねてみようと思ったんだけど、安い航空券とか調べてたら、社会人の留学プログラムっていうのが目に入って。……今から、留学もありかなって」

「カナダに親戚が？」

「うん。祖母の妹はさすがに亡くなってたけど、その娘、母の従妹になる人と、先週ようやく連絡が取れて。だけど、不思議なの」

歌奈は、ぼくを見て言った。

「私はフランス人の祖母とは一度も会ったことがないんだけど。連絡取れたその人の写真を見たら、前から知っていたみたいな、懐かしい気持ちになった」

歌奈はスマホを出して、その親戚の写真を見せた。

「ソフィーさん、っていうの」

背の高い女性で、髪はすっかり白髪だが、やさしげな眼は澄んでいて、微笑んでいる口角はシャープで、どこから見てもヨーロッパ系の人だ。でもぼくは、この女性と歌奈に、同じ血が流れていると言われても、ちっとも驚きはしなかった。

「それは、きみの中の四分の一の血が、カナダにおいでって言ったんだな」

歌奈は、首をかしげていたが、スマホ画面をスワイプするその指が日本人の長さではないことも、ぼくは出会ったときから認識していた。金曜日と同じように、そこは彼女の秘めたる部分であったのだ。

エピローグ

歌奈からは、毎日のようにLINEでメッセージが来ていたが、だんだんと、その間隔が空くようになり、

『留学ってものを、あまく見てた』

と、忙しそうだった。

ひとりになると、マンションは心象だけでなく物理的に広くなった。でもぼくは、いつもと変わらず毎日ご飯を炊いて、味噌汁を作って、向き合う人がいないテーブルで夕飯を食べた。不思議と仕事ははかどった。そこに逃避しているからでもあった。

ちょっと寂しくなると、B&Yにパソコンを持って行って、そこで仕事をした。

「捨てられた佐藤さん」

と小暮さんと吉野さんには、冗談半分でそう呼ばれた。

ドゥリトル先生は、歌奈がカナダに行ってから、どこか不機嫌だった。いや、先生に不機嫌はない。寂しそう、と言うのが正しい。つまり、ぼくと同じだった。だから、客がぼくしかいないとき、よくぼくに文句を言った。

「なんで、カナダなんか。あんな、寒くて広いだけのところに」

「バンクーバーは、比較的暖かいみたいですよ」

「連絡はあるんですか？」

「あるけど、基本こちらからはしないことにしてる」

ぼくが言うと、先生は不満げだった。

「なぜ、一緒に行かなかったんですか？」

「行きたくても、行けないでしょ」

そして、ぼくは先生を指さした。

「すべては、あなたのせい。先生は歌奈にも、ちょっとやってしまったんです」

先生は、歌奈の指定席だったカウンターの席を見ていたが、

「やっちゃったか……」

それきりぼくに文句は言わなくなった。


歌奈がカナダに行って半年が過ぎた頃、一週間ぐらい連絡がなかったので、ぼくは少し心配していた。こちらから連絡しようかどうか迷いながら味噌汁を作り、それを椀によそってダイニングテーブルに置いたとき、ポン、とスマホが鳴って、メッセージが届いた。長文だ

った。

『連絡しないで、ごめんなさい。私は元気です。あなたは元気？

どういう風に今の心境を書こうか、ちょっと悩んでいました。たぶん、私は自分の「居場所」を見つけました。

自分でも驚くほど、四分の三の方ではなく、四分の一の方が私だったと知りました。左利きだったのに、三十年以上、右利きだと信じて生きてきたような、霧が晴れたみたいな感覚です。

後押ししてくれて、本当にありがとう。たぶんこのまま、四分の一の血がここに残ることを模索し始めると思う。

でも、四分の三が、あなたに意見を聞けと、言ってます。いつも広角レンズで大きくものを見ているあなたは、けっして間違わないから。私はここに残るべき？　それとも？』

ぼくは、スマホを一度置いた。彼女の答えが、出たようだった。

彼女が帰ってきて、また座ることを願っていた椅子をしばらく見つめていたが、ぼくはスマホを取り上げた。そして、文字を打ち始めた。

『メッセージ、読みました。

「居場所」が見つかったようだね。おめでとう！

ぼくの回答だけれど、きみは、もう自分を見つけたのだから、カナダでも日本でも、場所は関係ないと思います。居場所は、場所じゃない。これからはどこにいても左利きの歌奈でいられると思います。

「居場所」を見つけられたのは、四分の一の血がカナダで開花したからだと、もちろん思うよ。でも、今回の旅は一つのきっかけで、どちらにしろいつかは、そのときが来ていたんじゃないかな。きみはいつだって、チャンスを探していたように思う。だからの秘密の金曜日だったと。

血でもないし、場所でもない。なにかが変わったんじゃなくて、歌奈という人間の第二ステージなんだと思う。そう思って、安心して自由に、心のままにやってみたらどうかな。

あと、ぼくは元気です。カナダにいても東京にいても、ぼくは神の視点できみを見ているから同じです（なんか偉そうだけど）。だから心配しないで。でも、そちらにしばらくいるなら、メープルシロップは送ってください』

と打って送信すると、ぼくはすっかり冷めている味噌汁を鍋にもどして、家を出た。そして自転車でB&Yに向かった。

公園の暗闇の向こうに窓の明かりが見えて、ぼくは、ぎりぎり閉店間際の時間に、そこに到着した。

「珍しい、こんな時間に」

片付けを始めていたドゥリトル先生が、驚いて迎えた。

「すみません。歌奈から、久しぶりにメッセージがきて」

カウンターを拭くクロスを持ったまま、先生はぴたりと動きを止めた。

「で？」

「ひとりでいるのはつらいので、先生に処方箋をもらいに来ました」

ぼくの言葉で、メッセージの内容を察したのか、

「そうですか……」

先生も、ぼくのように元気がなくなってしまった。

「先生の方が、処方箋が欲しそうだ」

それにはなにも言わず、先生は厨房に入っていった。

「なにか、飲みますか？」

「コーヒーとスコーンを……夕飯を食べてないので」

と頼んで、ぼくは一度も座ったことがないカウンター席、歌奈の指定席に座った。

表に『ＣＬＯＳＥＤ』の看板を出した店内で、ぼくはコーヒーと一緒にスコーンを黙々と

食べた。先生も、隣の席に座って、自分に淹れたコーヒーを飲んでいる。店内は音楽もなく静かだ。

「カナダに」

先生が沈黙をやぶった。

「会いに行ってみたら、どうですか?」

ぼくは、首をよこにふった。先生も、それ以上は言わなかった。

スコーンの最後の一口に、残っているコケモモのジャムをのせながら、ぼくは聞いた。

「先生は、昔流行《はや》ったラブストーリー、『マディソン郡の橋』を読んだことありますか?」

唐突な話題に先生は、ちょっと戸惑っていたが、

「The Bridges of Madison County、恋愛ドラマだね。小暮さんが大好きな話だ」

と返した。読んだとは言わないが、読んでいるのだろう。

「ぼくは映画で観ただけなんですが。とても共感を覚える部分があるんです」

ぼくは、それを思い出しながら語った。

メリル・ストリープ演じる主人公フランチェスカは、アイオワの農場で暮らす平凡な主婦だ。夫と子供が不在の四日間に、マディソン郡の橋を撮影に来た写真家、クリント・イーストウッド演じるロバート・キンケイドと、魂が通じ合うような恋に落ちる。夫と家族を捨て

て、魂の恋人と一緒に新たな人生を歩むという選択肢が生まれ、フランチェスカは葛藤する。が、やはりその選択はせずに、元の生活にもどる。彼女の夫は、その浮気に感づいてはいるが追及はしない。フランチェスカが死後に、その秘密を子供たちに手紙で打ち明ける形で物語になっている。

「あれも、妻の秘密を描いた映画ですが。最後の方で、老いたフランチェスカの夫リチャードは、『おまえにも、夢があったんじゃないか？』と、臨終のときに妻に言います。もう一つの人生を奪ったこと、可能性を与えなかったことを謝るんです」

先生は知っていると言うように、深くうなずいた。

「あの夫みたいに、後悔したくないんです」

ぼくは窓の外を見た。

「初めて、ここに来たとき、あの茂みに隠れて、カフェの中を見ていたんです」

今は背の高い街灯だけが灯っている。ただの闇で、ぼくが隠れていた植え込みは見えなかった。

「ここに座って先生を見つめている歌奈の表情を見て、衝撃を受けました。あのときに、もうこうなることはわかっていたんだと思います」

先生は、じっとぼくを見つめていたが、口を開いた。

「ぼくが、クリント・イーストウッド？」

ぼくは笑った。

「いや、あそこまで酷くない。先生の方が、ずっとカッコイイですよ」

先生はまだぼくを見つめているが、笑みを消して真摯な表情になると、

「ぼくも、わかってました」

と、告白するように言った。

「歌奈さんが、ぼくを見る目は、フランチェスカのようにとても熱いけれど」

と、先生も窓の外に目をやった。

「彼女が見ているのは、トム・ウィンストンではなく、ぼくを通して見る彼女の将来、可能性だと。だから、ぼくも一歩踏み出すことをしなかった」

先生を見つめて、ぼくは言葉を失っていたが、

「ぼくたちは、どちらも媒体だった、ってことか……」

と、深くため息をついた。

「殴って、いいですよ」

先生は言った。歌奈のことが好きだったと告白したことの謝罪でもあるのだろう。

「……いいんですか？」

じゃあ、とぼくは皿の上に残っているコケモモのジャムを指につけて、先生のおでこになすった。

「このぐらいにしときます」

先生はされるがままにして、それを拭こうともしなかった。が、いきなりすくっと立ち上がり、殴られるのではと、ぼくはビクッと身構えた。でも、先生はこちらを見てはいなかった。

「処方箋になる本を」

と彼は、本棚の方へと歩いていった。

「さっきから考えているんだけれど……思いつかなくて」

と言いつつ、本棚の一番上の隅の方から、一冊の本を取り出して、もどってきた。

「どうぞ」

手に取ると、とても美しい、アラビアかどこか中東の国の伝統模様のようなものが一面にほどこされた、豪華な装丁の本だった。古書のような感じもするが、タイトルがない。

「なんの本ですか？」

無言の先生に促されて、重みのある表紙を開くと、中は真っ白なページだった。どのページをめくっても白紙……。贅沢なノートみたいなものだ。

「これは……？」

「佐藤さん、自分が作家だってこと、忘れてません？」

先生は、ぼくに微笑んだ。


「佐藤さん、今日はなににしますか？　いつものスコーン？」

と注文を取るヘンリーは、最近は髭《ひげ》などを生やして貫禄がついてきた。

「先生は？」

ぼくは、いつものテーブル席に座りながら聞いた。

「今、ちょっと忙しくて」

と、彼は二階を指した。ぼくはデイパックから、一冊の本を取り出して、

「これを、先生に」

と言うと、ヘンリーは目を大きくした。

「もしかして、例の新刊？」

ぼくはうなずいた。

「トムを呼んできます！」

ヘンリーは子供のように飛んでいって、階段の下から先生に下りてくるよう怒鳴っている。

ドゥリトル先生が下りてくる間、ぼくは見慣れたメニューを手に取って見た。たまには、違うものを頼んでみようか。レモンスカッシュなんてのもあるんだ、と今さら知った。でも、レモンスカッシュとスコーンは合わないから、スコーンはテイクアウトにしよう。

歌奈から送られてきた、大きなボトルのメープルシロップも、スコーンにかけて食べていたが、だいぶ前に底をついた。追加を頼んだが、未だ送られてこない。でも、彼女からは定期的にメッセージが届く。相変わらず忙しそうだ。

ソフィーの知り合いのレオという、バツイチの男がやっているレストランでも働き始めたらしい。彼の話が最近は多いが、離婚届が送られてくるのは、時間の問題かもしれない。でも突然、日本にもどってくるかもしれない。それは、わからない。ぼくのアドバイスにしたがって、心のままにやっているから。

「ついに、刊行ですか？」

先生が、重そうな段ボール箱を抱えて、さくらちゃんと一緒に二階から下りてきた。

「ええ。店頭に並ぶのは来週です」

先生は荷物を床に置くと、ぼくが差し出す新刊をうやうやしく受け取った。そして満面の笑みを浮かべた。

「素晴らしい！」

　表紙の装画には、この店を思わせるカフェのカウンターが描かれていて、さくらちゃんらしき少女の姿もある。先生は本の題名を丁寧に声に出して読んだ。

「『ドゥリトル先生のブックカフェ』……いいですね！」

　はい、とぼくはうなずいた。

「処方箋を、自分で書くってどういうこと？　と最初は思いましたが」

　悔しいけれどぼくは認めた。

「けっこう、効果がありました。さすが先生」

　先生は誇らしげに胸に手をやった。

「先生もぼくも、本物よりいい人になってますけど。フィクションですから」

「物語とはそうやって生まれるものですよ」

　先生が言うように、もしかすると浦島太郎も、自分の一つの体験を誇張して語って、それが民話となって残ったのかもしれない。そう思うと、彼にまた親近感を覚えるのだった。

　ぼくは自分が書いたその本を指して言った。

「このブックカフェに置かれる、唯一の日本語の本になりますね」

するとと先生の顔から笑みが急に消えた。ぼくは意表をつかれて、聞いた。

「えっ、置いてくれないの？」

「すみません」

と先生は、なにか言いたげに本棚の方を指した。ぼくはそちらを見やって、びっくりした。

「本がない！　なにをやってるんですか？」

今気づいたが、本棚のほぼ半分が、すっかり空になっている。

「今月から、本棚の半分は、日本語の本を置くことにしたんです。残す英語本の選別や、入替をしているところで」

先生に促されて、さくらちゃんは持ってきた段ボール箱から日本語の本を出すと、それを空いている棚に入れ始めた。

「日本語の本は、あいうえお順？」

そうだよ、と先生はさくらちゃんに返して、ぼくの方を向くと、すまなそうな顔をした。

「置きますけど、唯一の日本語の本にはなりません」

ぼくはそのことより、先生の心境の変化の方に驚いていた。

「それはいいけど……いいんですか？」

先生は自信ありげにうなずいた。

「ぼくも、第二ステージに移行したってことです」

小暮さんも二階にいたらしく、パタパタと下りてきた。

「みなさんの、おかげです」

と先生は微笑んだ。

「ダメよ先生、その全集は店に置いたら盗まれちゃうわよ。売ったらいくらになると思ってんの！」

「貸出禁止にすればいいでしょ」

と先生は小暮さんに返し、ぼくの新刊をさっそく本棚に収めにいった。

「へー、佐藤さんって、こんなペンネームだったんだ……」

この辺りかな、と先生が場所を選んでいると、店の扉が開く音がした。

「いらっしゃいませ！」

ヘンリーの声が響いた。ドゥリトル先生もふりかえり、

「おっ、久しぶり！」

入ってきた人を、ヘーゼルの瞳に映して見た。ぼくはというと、今日は何曜日だっけ、と反射的に思うのだった。

参考文献

『ドリトル先生航海記　岩波少年文庫』ヒュー・ロフティング／井伏鱒二訳（岩波書店）
『長くつ下のピッピ　リンドグレーン・コレクション』アストリッド・リンドグレーン／菱木晃子訳（岩波書店）
『ちいさいおうち　岩波の子どもの本』バージニア・リー・バートン／石井桃子訳（岩波書店）
『ヴァージニア・リー・バートン『ちいさいおうち』の作者の素顔』バーバラ・エルマン／宮城正枝訳（岩波書店）
『ヴァージニア・リー・バートンの世界『ちいさいおうち』『せいめいのれきし』の作者』ギャラリーエークワッド編（小学館）
『あおい目のこねこ　世界傑作童話シリーズ』エゴン・マチーセン／瀬田貞二訳（福音館書店）
『ふたりはともだち　ミセスこどもの本』アーノルド・ローベル／三木卓訳（文化出版局）
『O・ヘンリー　ラブ・ストーリーズ　恋人たちのいる風景』O・ヘンリー／常盤新平訳（洋泉社）

この作品は書き下ろしです。